感悟一生的故事

励志 故事

曹金洪　编著

北方妇女儿童出版社

·长春·

图书在版编目（CIP）数据

励志故事 / 曹金洪编著 . -- 长春：北方妇女儿童出版社, 2010.6（2024.3重印）

（感悟一生的故事）

ISBN 978-7-5385-4674-3

Ⅰ.①励… Ⅱ.①曹… Ⅲ.①故事 – 作品集 – 世界 Ⅳ.①I14

中国版本图书馆CIP数据核字(2010)第083488号

励志故事
LIZHI GUSHI

出　版　人　师晓晖
策　划　人　陶　然
责任编辑　于　潇　刘聪聪
开　　　本　710mm×1000mm　1/16
印　　　张　11.25
字　　　数　200千字
版　　　次　2010年6月第1版
印　　　次　2024年3月第6次印刷
印　　　刷　旭辉印务（天津）有限公司
出　　　版　北方妇女儿童出版社
发　　　行　北方妇女儿童出版社
地　　　址　长春市福祉大路5788号
电　　　话　总编办：0431-81629600

定　　　价　49.80元

前言

是浮华的风带不走燥热的怅然，是盲动的雷也震不醒驿动的灵魂。这世间的一切，太多的幻想，太多的浮华，太多的……只有呼吸着的每一天，才感受到她的价值，她的真实。此刻，生命对于我们来说，只有一次，可以把握，可以珍惜。

于万千红尘中，我们不停地奔波着，劳碌着，快乐着也痛苦着，其目的就是为着生活，为着活着的质量。是血浓于水的亲情带着我们赤裸裸地来到这个尘世，当我们响亮的第一次啼哭，带给父母这一辈子最动听的音乐的同时，我们便与亲情紧密相连，永不可分了。也许前行的路荆棘丛生，也许前行的路坑坑洼洼，也许前行的路一马平川，但我们只要带着亲人们真切的惦念，带着亲人们殷殷的祈盼，就不会迷失前进的方向，就不会沉沦于泥潭沼泽里而不能自拔。

历经人生沧桑时，或许有种失落感，或许感到形单影只，这时，总会有一种朋友，无须形影相随，无须感天动地，无须多言，便心灵交汇，又能获得心灵的慰藉；在饱受风霜时，总会有一种朋友，无须大肆渲染，无须礼尚往来，无须唯美的表达方式，就能深深地感受到一种力量与信心，就能驱动前行的脚步。朋友无须多而在于精，友情也不必锦上添花，而在于雪中送炭。

童话故事里，我们经常看到王子吻醒了沉睡的公主，或是公主吻到中了魔法的青蛙，便可以幸福地结合在一起，永不分开。在这世上，也许有一份真爱可以彼此刻骨铭心到地老天荒，也许有一种真情彼此生死相依到海枯石烂。而这份真情、这份真爱却因世事的沧桑而深入到人们的骨子里，成为人们心中永恒的痛。

爱，有时，真的就是一种感觉，一种魂牵梦萦的感觉；有时，真的就是一种意境，一种心手相携的意境；有时，又会是一种情怀，一种两情相悦的情怀……

也许，真的如他人所说吧，亲情、友情、爱情，抑或其他值得珍惜的情谊，只是一种修为。所有的绝美，也许应该有一个绝美的演绎过程。我们所能做的，就只有把这种"永存"记录下来，让更多人从中获得感悟，获得启迪。

岁月如歌，有一些智慧启发我们的思想；有一些感悟陪伴我们的成长；有一些亲情温暖我们的心房；有一些哲理让我们终生受益；有一些经历让我们心怀感恩……还有一些故事更让我们信心百倍，前进不止。一个个经典的小故事，是灵魂的重铸，是生命的解构，是情感的宣泄，是生机的鸟瞰，是探索的畅想。

这套丛书经过精心筛选，分别从不同角度，用故事记录了人生历程中的绝美演绎。

本套丛书共20本，包括成长故事、励志故事、哲理故事、推理故事、感恩故事、心态故事、青春故事、智慧故事、人格故事、爱情故事、寓言故事、爱心故事、美德故事、真情故事、感恩老师、感悟友情、感悟母爱、感悟父爱、感悟生活、感悟生命，每册书选编了最有价值的文章。读之，如一缕春风，沁人心脾。这些可贵的精神食粮，或许能指引着我们感悟"真""善""美"的真正内涵，守住内心的一份恬静。

通过这套丛书，我们不求每个人都幸福，但求每个人都明白自己在生活。在明白生命的价值后，才能够在经历无数挫折后依然能坦然地生活！

目录
Contents

♂ 另一扇梦想之门

♂ 毕生成功最关键的转折点

♂ 成功需要多长时间

♂ 梅花香自苦寒来

另一扇梦想之门

每一个人都不可能是十全十美的，总有这样那样的缺陷或缺点。但是，每一个人都肯定是有优点的，在某些方面可能还是佼佼者呢！找到自己能够施展长处的舞台，就能享受成功的喜悦。

学会思考，形成习惯

语 梅

春秋时候，有一个叫王寿的人，他爱书成癖，藏书丰富，远近闻名。古时的书，多是人工抄写在竹片上，再以皮革连接装束起来的。他为了有抄书的材料，就在自家房前屋后种满了竹子，形成了一片竹林，并在门前的池塘里种了许多芦苇。他每天除了吃饭睡觉，都用来借书、抄书、看书。家里一院小房，除了他住的地方外，已经全部堆满了书。他每年不但要花许多时间把它们都搬出去晾晒一遍，免得被虫蛀蚀，还要翻检看有没有脱落的文字，及时补上。四十多年来，王寿孤身一人过着这种自以为充实的生活，以苦为乐。

由于母亲去世了，王寿要到东周奔丧。他随身带了五本竹简书，准备途中抽空看看。

王寿已不年轻，再加上五本竹简的重量，结果只走了一会儿就累得喘不过气来，有些走不动了。他只好坐在路口休息，并随手抽出一本书来读。

这时有个叫徐冯的东周隐士路过，见他背这么多书，就问他："敢问是王寿先生吗？"王寿很奇怪，就问："你是谁？你怎么认识我呢？"徐冯告诉他自己叫徐冯。王寿也曾听说过他。

王寿说了自己此行的目的，并说自己不惜负重，全为了在旅途中读书充实自己。徐冯听了，叹口气说："无用。"

王寿听得一愣，呆呆地望着徐冯，不知他说的是什么意思。

徐冯作了一揖，笑着说："书是记载言论和思想的。言论和思想又由于人的勤奋思考而产生，所以聪明人的评价标准并不是以藏书的多少衡量的。我原认为你是聪明的人，为什么不去思考问题，形成思想，却要背着这累人的东西到处走呢？"

王寿听了，如梦方醒，立刻三拜徐冯，当场烧了自己所带的书，空身去了东周。

心灵 寄语

知识是财富，但并不是指你所拥有书籍的多少。因为你要知道，纸上记录的文字远没有人的思想宽阔，唯有抛开物质束缚的枷锁才会跟上精神的前进脚步。

另一扇梦想之门

张莉莉

每年五月，是英国著名的圣劳伦斯美术学院的入学考试时间。来到这里的考生，都怀揣着一个关于绘画的彩色梦想，而圣劳伦斯则是他们的梦想得以实现的重要桥梁。

在画室里，作为考官的教授们从一端走到另一端，随时对这些孩子的作品打着分数。第一天素描考试结束，大部分教授在心里都有了人选，于是在第二天的色彩考试中，他们格外关注那些自己挑中的学生。油画系的威尔斯教授也是如此。但是当他经过自己中意的那个男孩儿身边时，一些特别的颜料引起了他的注意。

那是不同于市面上出售的颜料，每个代表颜料颜色的包装都被拆掉，被人贴上了写有颜色名字的标签。更不可思议的是，在那个男孩儿半掩着的颜料箱里，有一张写得密密麻麻的小纸条。

威尔斯仔细地盯着纸条，才看清楚上面的内容：苹果是红色的，梨子是明黄色的，绛紫色的葡萄……威尔斯疑惑地看着那个画画的男孩儿，这是他昨天发现最有潜力的学生，素描作品完成得非常出色——扎实的基本功、清晰整洁的构图、细腻的光影过渡……每一个细节都近乎完美。那个男孩儿作画的时候，眼睛里还放射着光芒！然而今天，男孩儿的手是颤抖的，他的眼神如死灰般黯淡，时不时还会紧张地吞着口水。完全判若两人！威尔斯在考生中来来回回地走了数次，突然想明白了什么。

几周后，圣劳伦斯美术学院的网站上公布了新生录取名单。威尔斯忙碌了一天离开学校时，在校门口看到了一张熟悉的脸，一个瘦高的男孩儿。男孩儿不停地向学校里面张望，眼神中满是失落和无奈，却还有一丝渴望。

"嗨！小伙子！"威尔斯走过去，跟他打招呼。男孩儿略显紧张："嗨！"

"我叫杰克，我，是个落榜生。"说完男孩儿低下了头。"跟我来，小伙子。"不等男孩儿回答，威尔斯用他的大手揽住男孩儿的肩膀，像揽住自己的孩子一般。杰克被威尔斯拉到一个小型车间似的地方。门被打开的一刹那，杰克突然怔住了，这里面简直就是个小型美术馆，到处都是绘画和雕塑作品，而且都是上乘之作。他呆呆地站在门口好一会儿，直到威尔斯叫了他两三次才应声走进去。威尔斯递给他一个调色盘，指着一个画架，让杰克画地上放着的一组静物。面对眼前这一切，杰克猛然间乱了方寸，完全不知道该做些什么了。

"说说你为什么喜欢画画？"这个问题算是给杰克解了围，于是杰克开始滔滔不绝地讲了起来。他谈论起举世闻名的绘画大师，谈论他们的绘画风格，出神入化的色彩运用……谈着谈着，他却越来越没了精神，他觉得自己就像是背书一样，背着那些从绘画典籍中看来的关于色彩的评说，还有那些美妙的变幻莫测的颜色。

威尔斯走到杰克身边，说："知道吗，杰克，曾经，我最大的梦想并不是成为画家，而是站在篮球场上，做一名职业球员。""那你为什么没选择篮球？"杰克好奇地问。威尔斯没有说话，只是轻轻地卷起左腿的裤管——他的左小腿竟

然是假肢!

"每个人都有一个最初的梦想,但因为各种原因,有可能失去或者根本就不具备完成这个梦想的能力。无论如何,我们都要坦然面对,积极努力,即使不能实现最初的梦想,也会打开另一扇梦想之门。"说完,威尔斯拿起手帕蒙住杰克的眼睛,把一个石膏像放到他的手里,接着说:"色彩虽然千变万化,但不是绘画艺术的全部;除了鼻子上的眼睛,画家的双手也是一双眼睛。为什么不试试用双手'看'色彩?"

那天之后,威尔斯再也没有见过杰克。直到六年之后的一天,威尔斯在报纸上看到一则关于巴黎现代艺术作品展的报道,文中写着:"年轻的雕塑家曾经因为色盲症无法考取著名的美术学院,但在一名导师的启迪下,他用自己的双手代替无法辨别颜色的眼睛,在雕塑界一举成名。他非常感激这位给了自己方向的导师,虽然这位导师没有给他上过一堂绘画课,但是却为他的梦想之门打造了一把宝贵的钥匙……"

威尔斯的眼睛模糊了,他抬起头,在蒙眬的泪光中,一个瘦瘦高高的身影正朝他走来……

心灵寄语

每一个人都不可能是十全十美的,总有这样那样的缺陷或缺点。但是,每一个人都肯定是有优点的,在某些方面可能还是佼佼者呢。找到自己能够施展长处的舞台,就能享受成功的喜悦。

把失败当作向上的阶梯

语 梅

古诗云："宝剑锋从磨砺出，梅花香自苦寒来。"宏图大业不是异想天开、一蹴而就的，不经一番风霜苦，哪有梅香扑鼻来！成大功、立大业者，都得经过艰苦卓绝的奋斗，志向远大者仅受磨难尚且不够，因为受磨难与受得了磨难的人相当多，不一定个个都能出人头地，青云直上，飞黄腾达。其事业更不是在粗心大意和侥幸中完成、取得的，而是一点一滴积累起来的。故胸怀上博大宽广，光明磊落，细节上渐渐积累，战略上目光长远，事业上百折不挠，再加之坚强的意志，完美的人格，方可替自己事业的成功奠定坚实的基石。

俗语云："吃得苦中苦，方为人上人。""有志者，事竟成。"

孔子在陈、蔡受到围困时，忍住饥饿，环顾四周的景色，于是向弟子们发出感叹说："天寒即到，霜雪即降，方明白松柏苍翠的颜色难得啊！"这就是孔子以自己几十载坎坷经历的切身感受所表达出对松柏的赞叹。

苏秦，东周洛阳人。相传他曾经拜师鬼谷子门下，学习姜太公兵法。学成后，先后游历诸国，企图求取一官半职，但始终不被人器重，失意之中不得不返回家乡，寻机发展。

当时，各大诸侯纷纷称王，连名义上的周天子都被踢开了。周王室辖区下的臣民，面对政治力量完全丧失的局面，深感失望。政治再也没有前途，他们只好致力于发展经济。在这种崇商的氛围下，显然姜太公兵法无一用处。苏秦的家人和亲属，对他的所学大失所望。在他们看来，任何经商赚钱的本领都比数百年前的兵书更有用。苏秦的行为不被他们理解，反而遭到嘲弄和讪笑。

各种挫折和失败，不仅没有让苏秦气馁，反而激励了他求仕显名的决心。从此，他闭门不出，博览群书。为了不使自己产生惰性，他悬发于梁，以锥扎大腿，"悬梁刺股"的故事就来源于此。

苏秦深居简出，苦心研究，历时一年之久，终于创造出一套制秦的战略——合纵战略。即合众弱以攻一强，联合各诸侯的力量，以遏制秦国的对外扩张。

于是，赵王给苏秦一百辆车马，一千斤金子，一百双玉璧，一千匹绸缎，让他去约会诸侯进行合纵结盟。诚然，苏秦广博的知识和雄辩的口才让人佩服。然而，他游说的成功，更多取决于他对自己的行动始终充满着自信。因此说，自信心能给人带来生活和做事的勇敢，自信心是人们伸展抱负的奠基石。

心灵 寄语

俗话说：失败是成功之母。一次次的失败在让我们失望沮丧的同时也给我们带来了丰富的经验，让我们直面讽刺与嘲笑，在失败之后终会登上成功的顶峰。

从生活中学习

千 萍

　　生活是一本真正的书，再伟大的作家也不敢说他的书比生活更加精彩、深刻。这本书可能需要你用尽一生去体味其中的奥妙，而每一个人的那一本书都是不同的。

　　作家狄更斯的父亲是个酒鬼，嗜酒如命，挥霍无度，负债累累。狄更斯在他10岁那年就被迫进了负债者监狱，11岁他就承担起了繁重的家务劳动。他曾经在皮鞋作坊当学徒，每天忙碌到很晚，而有时候还得饿肚子，并时常受到别人的欺负。然而，正是生活中所受的苦难，成为他以后作品中的灵感源泉。

　　15岁那年，狄更斯进入了伦敦一家律师事务所当实习生，经常出去送信，几乎走遍了伦敦所有的街道。后来他学会了速记。从16岁开始，他当上了报馆的采访记者。这使得他有机会深入了解人情世态和社会的黑暗。他同时为好几家报纸撰稿，业余时间几乎都是在图书馆里度过的，而这段时间他也开始尝试文学创作。

　　为了能创作出真实深刻的作品，狄更斯常常蹲在路边，和衣衫褴褛的人攀谈；常常跑去酒馆，了解那些穷苦工人的生活。他甚至去监狱，同要被执行绞刑的犯人聊天。这一切的努力都成就了狄更斯作品的伟大和成功。

狄更斯很快就在文学创作上取得了成功，十多部长篇小说举世瞩目。而他的成功不单单在于其才华和写作技巧，更为关键的是他的作品是那么真实深刻，成为反映那个时代的一面镜子。置身世事，看到书本上看不到的，要比从书本上学别的东西更为重要。

我们常常说艺术来自于生活，又高于生活。我们阅读的小说也好，课本也好，很大程度上都来源于生活。生活有时也是可以阅读的，从生活这本书上所学到的，也许你会受用一辈子。

无论你的学习成绩多么优秀，那只是书本上的东西。读"有字之书"必须上正规大学，而读"无字之书"则要进"社会大学"。善读书，而不唯书，把"有字之书"与"无字之书"进行结合，这是获取更多精神财富、成就大事的一条准则。

心灵 寄语

无论用多么华丽的辞藻和多么渊博的知识，都无法描绘丰富多彩的生活。它远比世上所有书中文字记载的丰富，因为每个人在读它时都有不同的体会、不同的经历、不同的结果，这就是我们不同的人生。

克服骨子里的惰性

雁 丹

懒惰是人性的一大弱点，因为懒，我们不想工作，不想学习，不想做一切让自己得不到快乐的事。

曾经，有个懒人，总觉得工作太过辛苦，别人给他介绍的工作他都做不到一个星期就跑回家了。父亲很为儿子担心，因为人总是要生存的，他担心孩子的懒惰会让他饿死。于是父亲四处托朋友帮忙。可是大家都知道这个年轻人太懒惰，已经没人愿意帮助他了。禁不起老父亲的再三请求，有位朋友就为懒人找了一份工作，并告诉父亲说，这个工作什么都不用干，只要坐在那儿就行了。父亲很高兴，就让儿子去工作了。

原来这是看守墓园的工作，的确什么也不用干。父亲觉得这工作挺适合自己的懒儿子，只要每天坐在椅子上，不用做任何其他的事，相信儿子总能做好。

可是没有过几天，懒人又辞去了守墓的工作。父亲以为是工作没有想象的松，便问儿子有什么辛苦的地方。年轻人抱怨道："太不公平了，在整个墓场里，所有的人都是躺着的，只有我一个人坐在那里，这么辛苦的工作，我才不干呢！"

我们总觉得别人的懒惰是可笑而又让人厌恶的，但是每个人心中都有着天生的惰性。成功的人总是能克服这种天性。

"谁不想睡安稳觉？谁不想早上睡到9点？如果你要求自己的生活得过且过，当然可以。但如果想做成一番事业，就不能。"一位成功的企业老总在接受记者采访时劝告年轻人要警惕自己的惰性，懒惰是成功的绊脚石。

老总接着说，自己在当业务员的时候，经常凌晨接到客户的电话，说电脑的程序出了问题需要解决。因此，不得不从热乎乎的被窝中爬出来，真恨不能把电话给砸了。可是他知道往往这样的客户是最忠实的客户，他们信任自己，有问题第一个想到的就是自己。就是这样的客户支持了这位老总成立了自己的公司。

我们要想在竞争中获得胜利，就必须把骨子里的惰性打掉。

心灵 寄语

我们每个人最大的敌人都是自己，怎样克服掉自身的毛病和缺点，也只有我们自己知道。人人都有惰性，但却不是人人都能克服。当我们把最后的敌人都击倒后，还有什么能抵挡住我们走向成功的脚步呢！

做事情要有大局观

向 晴

很多人都把"施恩不图报"看作是一个人道德高尚的标志之一，然而，圣人孔子却明确反对这一点，强调施恩图报。不信，你看看下面的故事。

春秋时期，鲁国的法律规定：如果一个鲁国人做了其他国家的人的臣妾奴仆，凡是有人能够帮助他们赎身回到鲁国的话，赎人的人可以到国库中取回自己花费掉的资财。

一次，孔子的学生子贡从别国把一个鲁国人赎了出来，但是却没有去国库中取回自己花掉的银两。孔子知道这件事后，对此评价说："子贡在这件事上做得并不正确啊！圣贤之人所做的事情，可以带动社会风气的变化，从而对普通百姓起到言传身教的作用，而并非仅仅是成就个人的美德。现在鲁国富有的人少而贫困的人多，如果子贡赎回人后，从国库中取回自己所花费的钱，对个人的德行修养并没有什么损害；但如果所有赎人的人都效仿子贡，不去取自己的钱，那么再不会有人去赎回自己的同胞了。"

后来，孔子的另外一个学生子路救起一个落水者，那人送给他一头牛以报答他的救命之恩，子路接受了这份礼物。孔子知道这件事后，满意地说："以后鲁国搭救落水者的人就会多起来了。"

施恩不图报，当然是一种高尚的品德，是君子的风范。孔子当然明白这一点，他之所以劝子贡和子路收取回报，是考虑到这件事情的社会效应。因为对于普通人来说，做好事不求回报的要求有些过高了，这无形中抬高了做好事的门槛，因此不容易普及，不容易形成风气。如果大家都能做好事而得到一定回报，那也很不错呀，社会风气不也变好了吗?

以前社会提倡拾金不昧，现在社会允许拾金者收取一定比例的酬谢，这是为什么呢?因为对拾金者给予一定的奖励，其实是对他美德的肯定和激励，这样做有利于良好风气的形成。

再说，有时候，做好事是要付出很大成本的，这时更要给做好事者一定的补偿了。比如子贡花自己的钱赎回鲁国人，如果不求分文回报的话，他能有多少钱去做好事呢?再如，今天法律规定不许猎杀野生动物，但野生动物如果破坏了农民的庄稼，国家就应该给予一定的补偿，否则他哪儿来的积极性呢?

孔子正是为了普及社会公德才说施恩图报的。作为领导，在处理事情时，不能只看这件事本身的得失，一定要考虑到长远影响和社会效应，要善于从大局权衡得失利弊。

心灵寄语

美德往往被人传颂，但智者却远比我们想得深刻。不求回报地帮助陌生人往往很难做到，但如果允许一定的酬谢，无疑积极性便会大大提高。

成功的基石

李华伟

有多少人信任你，你就拥有多少次成功的机会。

1835年，摩根先生成为一家名叫"伊特纳火灾"的小保险公司的股东，因为这家公司不用马上拿出现金，只需在股东名册上签上名字就可成为股东。这正符合当时摩根先生没有现金却想获得收益的情况。

很快，有一家在伊特纳火灾保险公司投保的客户家发生了火灾。按照规定，如果完全付清赔偿金，保险公司就会破产。股东们一个个惊慌失措，纷纷要求退股。

摩根先生斟酌再三，认为自己的信誉比金钱更重要，于是他四处筹款并卖掉了自己的住房，并低价收购了所有要求退股的股份。然后他将赔偿金如数付给了投保的客户。

一时间，伊特纳火灾保险公司声名鹊起。

已经身无分文的摩根先生成为保险公司的所有者，但保险公司已经濒临破产。无奈之中他打出广告，凡是再到伊特纳火灾保险公司投保的客户，保险金一律加倍收取。

不料客户很快蜂拥而至。原来在很多人的心目中，伊特纳公司是最讲信誉的保险公司，这一点使它比许多有名的大保险公司更受欢迎。伊特纳火灾保险公司从此崛起。

许多年后，摩根主宰了美国华尔街金融帝国。而当年的摩根先生，正是他的祖父，是美国亿万富翁摩根家族的创始人。

成就摩根家庭的并不仅仅是一场火灾，而是比金钱更有价值的信誉。还有什么比让别人都信任你更宝贵的呢？

信任的基础是什么呢？是互相之间对人品的了解与欣赏，是人与人之间无法用金钱来衡量的友情。

公元前4世纪，在意大利有一个名叫皮斯阿司的年轻人触犯了国王。皮斯阿司被判绞刑，将在某个法定的日子被无辜处死。皮斯阿司是个孝子，在临死之前，他希望能与远在百里之外的母亲见最后一面，以表达他对母亲的歉意，因为他不能为母亲养老送终了。他的这一要求被告知了国王。国王感其诚孝，决定让皮斯阿司回家与母亲相见，但条件是皮斯阿司必须找到一个人来替他坐牢，否则他的这一愿望只能是镜中花水中月。这是一个看似简单其实近乎不可能实现的条件。有谁肯冒着被杀头的危险替别人坐牢，这岂不是自寻死路。但茫茫人海中就有人不怕死，而且真的愿意替别人坐牢，他就是皮斯阿司的朋友达蒙。

达蒙住进牢房以后，皮斯阿司回家与母亲诀别。人们都静静地看着事态的发展，放虎归山的皮斯阿司是不是如期回来赴死。眼看刑期在即，皮斯阿司也没有回来的迹象。人们一时间议论纷纷，都说达蒙上了皮斯阿司的当。行刑日是个雨天，当达蒙被押赴刑场之时，围观的人都在笑他的愚蠢，那真叫愚不可及，幸灾乐祸的人大有人在。但刑车上的达蒙，不但面无惧色，反而有一种慷慨赴死的豪情。

追魂炮被点燃了，绞索也已经挂在达蒙的脖子上。胆小的人吓得紧闭了双眼，他们在内心深处为达蒙深深地惋惜，并痛恨那个出卖朋友的小人皮斯阿司。但就在这千钧一发之际，在淋漓的风雨中，皮斯阿司飞奔而来，他高喊着："我回来了！我回来了！"

这真正是人世间最最感人的一幕。大多数的人都以为自己在梦中，但事实不容怀疑。这个消息宛如长了翅膀，很快便传到了国王的耳中。国王闻听此言，也以为这是痴人说梦。国王亲自赶到刑场，他要亲眼看一看自己优秀的子民。最终，国王万分喜悦地为皮斯阿司松了绑，并亲口赦免了他的罪。

心灵寄语

言而无信，无人信你；有言有信，方有人信你。所以"信"是一个人一生中弥足珍贵的东西，切不可疏忽它！有多少人信任你，你就拥有多少次成功的机会。

学会不断更新自己

冷 薇

随着知识经济浪潮的汹涌而来，科学技术的"裂变效应"将会导致知识更新速度的不断加快。在西方职场中流行这样一条知识折旧定律：一年不学习，你所拥有的全部知识就会折旧80％。你今天懂得的东西，也许到明天早晨就过时了。据《华尔街日报》的一项调查结果，美国人平均每隔5年就得更换一次工作。因为当一个人干到5年左右的时候，他差不多已经跟不上工作岗位的新要求了，所以他必须从这个岗位上撤退下来，迅速完成知识技能的新一轮补充、转换和升级。

武永合是一名普通的焊接工人，在过去二十多年的平凡工作中，他用自己高超的技术完成了10余项大幅度提高生产效率的技术革新，并凭借自学的知识和经验承担起过去通常由工程师从事的工艺设计工作。

武永合1981年从部队复员到工厂从事电焊工作，一干就是24年。他懂得学好技术必须掌握更多的知识。在学徒时就给自己规定了"勤学、勤问、勤想、勤练"的原则，只要是与焊接有关的书，他总是一本接一本地"啃"。为了用知识充实自己，他用一年多的时间自学完了中专课程，用五年的时间读完了工人夜大。

　　"当工人就要当最优秀的，学技术就要学最先进的。"武永合经常用这句话来激励自己。在掌握碳钢手工弧焊技术的同时，他还学会了铆工组装对接、手工电弧焊、等离子切割氩弧焊等技术，对不锈钢、铝及铝合金、铸铁等材料的焊接都有自己一套独特的方法。

　　所以，要想有一番大的作为，就必须紧跟时代大潮，与时俱进，不断更新自己的知识，升级自己的技能。因为只有与时俱进，不断升级自我，才能打破习惯定势和主观偏见的束缚，冲破传统观念的束缚，研究新情况，解决新问题。

　　不断更新知识和技能，努力提高自身各方面的能力，你才会有充分发展的空间和机会。

心灵 寄语

　　现在的社会是信息的社会，生活节奏的加快使得我们来不及停下来休息和充电。社会每天都在进步，而我们停滞不前便会被这个时代所抛弃；打破传统，使其不束缚自己的思想，不断地完善自己才是我们的目标。

心灵美才是真正的美

凝 丝

魅力更多的是一种心灵的修炼，一个人的魅力的真正源泉，来自内在的修为程度。

有个女孩儿，家境非常富裕，不论其财富、地位、能力、权力，及漂亮的外表，都没有人能够比得上，但她却郁郁寡欢，连个可以谈心的人也没有。于是她就去请教一位长辈，如何才能具有魅力，赢得别人的喜欢。

长辈告诉她道："你能随时随地和各种人合作，心怀慈善，讲些善话，听些善音，做些善事，用些善心，那你就能成为有魅力的人。"

女孩儿听后，问："善话怎么讲呢？"

长辈道："就是说欢喜的话，说真实的话，说谦虚的话，说利人的话。"

女孩儿又问："善音怎么听呢？"

长辈道："就是转化一切声音，把辱骂的声音转为同情的声音，把毁谤的声音转为帮助的声音，哭声闹声、粗声丑声，你都能不介意。"

女孩儿再问道："善事怎么做呢？"

长辈道："就是帮助的事、慈善的事、服务的事、合法的事。"

女孩儿更进一步问道："善心是什么心呢？"

长辈道："善心就是你我一样的心、一颗平常心、包容心、责任心。"

女孩儿听后，一改从前的骄矜，不再自恃相貌美丽，也不再在人前夸耀自己富有，对人总谦恭有礼，对周围的人体恤关怀，终于成为拥有魅力的人。

俗话说："人美不在貌，而在心。"只有内在的美才值得追求和尊崇。

凯瑟林聪明美丽并接受了很好的教育。闲暇的时候，她会用那双修长而优美的手弹奏钢琴。她弹奏出的音乐非常动人，得到了很多人的称赞。

"我的手是最美丽的！没有任何人的手比我的手更美的了！"凯瑟林常常这样想。一天，她对老师说："罗娜小姐，玛丽的手看起来好粗糙啊！她的手又红又肿，难看死了。""亲爱的，你只看到了表面的东西。玛丽的手是我们班学生中最美丽的手。"老师说。

"但她的双手又红又硬，好像一把刷子。"凯瑟林有些纳闷儿，"她的手怎么会是最美丽的呢？"

"想知道原因吗？那让我来告诉你吧！"老师说，"玛丽也曾有过一双和你一样光滑细嫩的双手。但她的父亲去世了，她需要帮助她的母亲支撑家庭，每天她都很忙碌。她要生火做饭，洗晒衣物，要用这双手去努力帮助自己穷困的母亲。她还用这双手为妹妹洗衣穿衣，有时候还为隔壁生病的小女孩儿洗头。她富有同情心，善良地对待所有的动物。我曾看到她用那双又红又硬的手在街上轻轻抚摩疲劳的马和受伤的野狗。现在你明白，为什么玛丽的手是最美丽的了吗？"

"哦，罗娜小姐！我对自己开始说的话感到非常惊讶，也非常抱歉。"凯瑟林羞愧地说。

"那么，亲爱的，那就通过

你真诚的行动来表达你的懊悔吧！记住，心灵美才是真正的美。"罗娜老师认真地对凯瑟林说。

这时候，凯瑟林对老师说："老师，我想邀请玛丽后天晚上来参加我的生日晚会，并且和我共同演奏一曲。"

"我想，那一定是一首非常动人的旋律！"罗娜老师高兴地说。

心灵 寄语

内在美才是真正的美。内在的心灵美，是一种纯洁的美，它容不得半点虚假，掺不得一粒沙子。外在的美终归是暂时的、易逝的，花开能有几时红，西施也有鬓斑时。只有心灵美，才是一种永不凋谢的美，是一种深沉的美。它越是经受时间的考验，越是显出美的光泽。

赞誉为"最美妙一着"的棋

王新龙

在许多年前的一次国际比赛中，一个名为法兰克·马歇尔的棋手走了一着常被赞誉为"最美妙一着"的棋。在那重要的一局中，他与对手——一位俄国大师势均力敌。马歇尔的"王后"受到围困，但要杀出重围，仍是有几个办法可想的。由于"王后"是最重要的进攻棋子，观战的人都以为马歇尔会依常规，把"王后"走到安全的地方。

马歇尔对着棋局苦思，时间到了，他拿起"王后"，略一停顿，随即下在最不合常理的方格内——在那里，敌方有三枚棋子可以把"王后"吃掉。

马歇尔在紧要关头放弃"王后"，太不可思议了，观棋的人和马歇尔的对手都吃了一惊。

接着，俄国棋手和其他的人都恍然大悟，明白了马歇尔走的是极高明的一招。不论对方用哪个子吃"王后"，都会立陷颓势。俄国棋手看出自己败局已定，只好认输。

马歇尔以大胆罕见的招数赢了对手：牺牲"王后"，赢了棋局。

心灵寄语

　　在处于低潮的时候，我们应该积极调整自己。我们无法改变水流的方向，却可以随着水流调整出最适合游泳的姿势。风要往哪个方向吹，是我们无法掌控的，但是不管风如何吹，我们依然可以调整自己的手势，把风筝放得又高又远。

你应该选定一把椅子

赵德斌

意大利著名男高音歌唱家卢西亚诺·帕瓦罗蒂回顾自己走过的成功之路时，他说：

"当我还是个孩子时，我的父亲，一个面包师，就开始教我学习歌唱。他鼓励我刻苦练习，培养嗓子的功底。后来，在我的家乡意大利的蒙得纳市，一位名叫阿利戈·波拉的专业歌手收我做他的学生，那时，我还在一所师范学院上学。在毕业时，我问父亲：'我应该怎么办？是当教师还是成为一个歌唱家？'

"我父亲这样回答我：'卢西亚诺，如果你想同时坐两把椅子，你只会掉到两把椅子之间的地上。在生活中，你应该选定一把椅子。'

"我选择了。我忍住失败的痛苦，经过七年的学习，终于第一次正式登台演出。此后我又用了七年的时间，才得以进入大都会歌剧院，现在我的看法是：不论是砌砖工人，还是作家，不管我们选择何种职业，都应有一种献身精神。坚持不懈是关键。选定一把椅子吧！"

心灵寄语

　　翻开历史，你就会发现那些成功的人之所以取得了辉煌的成就，就在于他们十分准确地选择了人生奋斗的方向，使自己的才华得到了极大的展示，从而实现了自己的人生追求和梦想。人生有各种各样的舞台，但最能展露你才华的舞台，却只有一个。

得标的中年人和黑便士邮票

采 青

在一场邮票收藏家蜂拥而至的珍稀邮票拍卖会上，拍卖正进入最高潮。所有人望着台上那两枚全球仅存的黑便士邮票，价格节节高涨，已经喊到了40万美元的空前天价。

突然，角落里一个声音高喊："200万美元！"拍卖会上所有的人都吓了一大跳，居然有人会开出这个难以想象的价钱。不过，更出乎意料的事情还在后面。当这个得标的中年人上台缴款，拿到邮票之后，他立即把相连的两枚邮票撕开来，并且掏出打火机，将其中一枚邮票点燃烧毁。

这个一下子烧去100万美元的举动，马上引起会场上更大的骚动。台上的中年人扬起双手大声喊道："各位，不要紧张！我之所以会用意想不到的高价，买下这两枚邮票，是因为在这邮票当中，藏有一个无价的天大秘密。而这个秘密，又一定得要烧掉其中一枚邮票之后，方能展现出来。现在，我再将这枚邮票提供出来拍卖，谁能买下邮票的，我将会把那个秘密告诉他！"

拍卖场内登时陷入一片疯狂的气氛当中，众人此起彼落、争相出价，最后终于以900万美元的高价，将那枚邮票卖出。

得标的那人高兴地冲上拍卖台，拿了邮票之后，便急着要那个中年人将邮票当中所蕴藏的小秘密告诉他。

中年人接过900万美元的支票，在那名得标者的耳边，轻声地告诉他："秘密就是——这枚邮票，现在已经是全球仅存、唯一的一枚邮票，因为独一无二，所以它价值连城，你务必要小心保存。"

心灵 寄语

在这个世界上，自己不也是独一无二的吗？当我们了解自己存在的价值是无限的，以无限存在的能量，来对付短暂呈现的逆境，岂不是绰绰有余。在你人生的关键时刻，抓住机遇，你的人生就会增值。

该如何应对生活

佚 名

一个女儿对父亲抱怨她的生活，抱怨事事都那么艰难。她不知该如何应付生活，想要自暴自弃了。她已厌倦抗争和奋斗，好像一个问题刚解决，新的问题就又出现了。

她的父亲是位厨师，他把她带进厨房。他先往三口锅里倒入一些水，然后把它们放在旺火上烧。不久锅里的水烧开了。他往一口锅里放些胡萝卜，第二口锅里放入鸡蛋，最后一口锅里放入碾成粉状的咖啡豆。他将它们浸入开水中煮，一句话也没说。

女儿咂咂嘴，不耐烦地等待着，纳闷儿父亲在做什么。大约20分钟后，他把火闭了，把胡萝卜捞出来放入一个碗内，把鸡蛋捞出来放入另一个碗内，然后又把咖啡舀到一个杯子里。做完这些后，他才转过身问女儿："亲爱的，你看见什么了？"

"胡萝卜、鸡蛋、咖啡。"她回答。

他让她靠近些，并让她用手摸摸胡萝卜。她摸了摸，注意到它们变软了。

父亲又让女儿拿一只鸡蛋并打破它。将壳剥掉后，她看到的是只煮熟的鸡蛋。

最后，父亲让她啜饮咖啡。品尝到香浓的咖啡，女儿笑了。她怯声问道："爸爸，这意味着什么？"

父亲解释说，这三样东西面临同样的逆境——煮沸的开水，但其反应各不相同。

胡萝卜入锅之前是强壮的，结实的，毫不示弱；但进入开水后，它变软了，变弱了。

鸡蛋原来是易碎的，它薄薄的外壳保护着它呈液体的内脏。但是经开水一煮，它的内脏变硬了。

而粉状咖啡豆则很独特，进入沸水后，它们倒改变了水。

心灵 寄语

一个人拥有生命，这并不稀奇！重要的是，能够用自己的生命改变生活，这就是最宝贵的人生！人生在世会遇到很多困难和挫折，其实解决这些困难的方法就在我们心里。只要我们对自己有信心，这些困难、挫折就会不攻自破。

毕生成功最关键的转折点

　　每一个人，尤其是年轻人，办事能力是有限的，但是只要对奋斗、对成功有种至高无上的信仰，就是一个成熟的人，一个精神领域很富裕的人。

到伦敦以后的第一件作品

宛 彤

　　查特利是一位很坚强的人，他非常自豪于他成功地战胜了童年的不幸，首要的是，他为自己的自立精神而自豪。他出身贫穷之家，其出生地是谢菲尔德附近的诺顿。父亲去世时，他还是个孩子，母亲只得再嫁。小查特利常常赶着一头驮满罐装牛奶的驴子到邻近的谢菲尔德镇上为母亲的顾客送牛奶。这是他勤奋生涯的卑贱开始。正是通过自己的努力，他才出人头地，成为最负盛名的艺术家。

　　由于不为继父喜爱，他被继父派去学习做买卖，最初是和一个谢菲尔德的杂货商一起，可是做生意非常不符合他的兴趣、爱好。于是，一天，当他经过一家雕刻店的橱窗时，他的目光定格在橱窗里那些精雕细刻的雕刻品上，当时他就沉醉在成为一名雕刻家的美丽遐想中。他请求他的杂货商朋友支持他，允许他退出杂货生意，他的朋友同意了。于是，他就成了一个既是雕刻匠、又是镀金匠的人的学徒，学徒期7年。他的师傅是一名木刻工匠，在木刻之余，也从事印模制物和石膏样品经营。查特利立即开始描摹这些样品和模型，学得很用功。在所有空闲时间里，他一头扎进绘画、制作模型、自我改进画和模型，常常工作到深夜。在他学徒期满之前，也就是在他21岁那年，他通过付给他师傅他所能付的一笔钱——50镑，取消了师徒契约关系，他决定全身心地从事艺术。然后，他很快就到了伦敦，很理智地找了一份工作。当一个雕刻匠的助手，在空闲时间，他则专心练习画画和制作模型。作为一个雕刻雇工，他的第一件工作便是装饰诗人罗杰斯先生的卧室。以后他成了罗杰斯先生的常客，他也经常高兴地向他在罗杰斯家中遇到的客人介绍他早年的手工。

因公差回到谢菲尔德时，他以蜡像师、袖珍画家以及油画家的身份在当地报纸上作了广告。他的第一幅蜡像画，就被一个刀具商购走，刀具商付给他一畿尼（旧英国金币）；他为一位糖果商画的肖像画也为他带来了高达5镑的收入，糖果商还送他一双长筒靴。不久，查特利重又回到伦敦，并在皇家学会学习；再次回到谢菲尔德时，他大肆宣扬他准备为谢菲尔德的杰出人物制作石膏塑像，并为他们画肖像画。人们甚至选他为谢菲尔德一位逝去的教区牧师设计纪念像，他的设计使人们相当满意。在伦敦时，马厩上的一间房子便是他的工作室，他的工作室相当简陋，就在那间简陋的工作室里，展出了他制作的第一件创意新颖的作品，那就是撒旦的巨头。他的展览行将结束时，一位前来观展的朋友被那放在一个角落里的"撒旦巨头"的精巧制作深深折服了。

查特利介绍说："'撒旦巨头'是我来到伦敦以后的第一件作品。我是带着一顶纸帽在一间阁楼里完成这一创作的。那时，我只买得起一根蜡烛，我把那根蜡烛粘在纸帽上，以便我无论转向哪个方向，都能看得见。"

在皇家学会展览会上，费拉克斯曼也看到了这幅作品，并大加赞赏。他还推荐查特利制作海军博物馆要求制作的四位杰出海军元帅的纪念像。这一委托制作（纪念像）也产生

了其他一些问题，因此他只好放弃了绘画。而且，8年中他一镑也没有赚到过（以前他一幅肖像画就卖了5镑）。他设计制作的霍恩·图克元帅的头像非常有名，取得了极大的成功。这尊头像给他带来了1.2万镑的收入！

心灵 寄语

耐心、勤奋和顽强的毅力是取得成就的法宝。所谓天才，就是能够沿着正确方向执著前进的人。成功者们始终将目光集中在他们的目标上，他们常常在向目标奋进的过程中用想象提醒自己目标的所在。

一株才华初露的幼苗

冷　薇

　　法国雕塑艺术大师罗丹出身于贫寒家庭，父亲是警察局的雇员。虽然他自幼酷爱绘画，但由于父亲的强烈反对，因此只能徘徊在美术学校的大门外。

　　罗丹后来的伟大成就，更多的是得益于他的勤奋好学。每天天不亮他就起床，先到一个业余画家的家里对着实物画几个小时的素描，接着又急忙赶去上学。晚上从学校回来，还要去博物馆。当时博物馆里有一个专画人体的学习班。

　　他在那里要画上两个小时。除此之外，他还要抽空到图书馆、博物馆，观摩学习古代的雕塑作品。罗丹是在争分夺秒地学习和工作，他说："为了使我的工作不停顿，哪怕是一秒钟，我每天要工作14个小时。"

　　罗丹14岁那年，一个偶然的机会，使他进入了巴黎图画数学学校。在那里，他遇到了一位爱才如命的老师——勒考克。

　　勒考克发现罗丹是一株才华初露的幼苗，立刻以极大的热情和严格的态度来精心培植他。

　　有一次，罗丹因家庭经济困难无力购买颜料，十分难过，一气之下，决定撕掉自己所作的画，永远与艺术告别。勒考克闻讯火速赶来，声色俱厉地对罗丹说："只有我才能决定如何处理你的这些画！我要把这些画保存起来。"

不久，他把罗丹送进雕塑室去深造。后来，罗丹在别人的劝告下报考了巴黎官方的美术专科学校，但一连三次都名落孙山。

罗丹绝望了。他悲伤地认为，作为雕塑家，自己的生命已经结束了。这时，勒考克先生又向他伸出了热情的双手，耐心地开导他说："未被录取，这是你可能遇到的最好的事情。要知道，美术学校已经变成了一所古典主义的学校，那里塑造出来的东西千篇一律，毫无感情，非常单调，全是骗人的东西。"

在老师的鼓励下，罗丹重新树立起不断进取的信心和勇气，终于成为继米开朗基罗之后最有影响的雕塑家之一。

心灵 寄语

一个人如果没有目标，那么他的生活是盲目的。即使我们只是平凡的人，遇到挫折时也会感到痛苦、绝望甚至想放弃，但是我们观察一下那些成功的人，有谁，不是经历过重重困难，跨越过无数挫折才得到了成功。

毕生成功最关键的转折点

忆 莲

普拉格曼是美国当代著名的小说家，他的学历不高，甚至没念完高中。在他的长篇小说获奖典礼上，有位记者问道：你毕生成功最关键的转折点在何时何地？

普拉格曼认为，第二次世界大战期间在海军服役的那段生活，是他人生受正式教育的开端。他回忆说：

1944年8月的一天，他在战役中受伤，双腿暂时瘫痪了。为了挽救他的生命和双腿，舰长下令由一名海军下士驾一艘小船，趁着夜色把他送上岸去战地医院医治。

不幸，小船在那不勒斯海湾中迷失了方向，那名掌舵的下士惊慌失措，差点要拔枪自杀……普拉格曼镇定地劝告他说：你别开枪，我有一种神秘的预感，虽然我们在危机四伏的黑暗中漂荡了四个多小时，孤立无援，而且我还在淌血……不过我认为即使失败也要有耐性，绝不要堕入绝望的深渊。没等他把话说完，突然前方岸上射向敌机的高射炮的爆炸火光闪亮了起来，原来他们的小船离码头还不到三海里……

脱险之后，普拉格曼在回忆中这样写道：

"自从那夜之后，此番经历一直留在我的心中。这个戏剧性事件竟包容了对生活真谛认识的整个态度。因为我有不可征服的信心，坚韧不拔，绝不失望，即使在最黑暗最危险的时刻，我相信命运还是能把我召向一个陌生而又神秘的目的地……

"尽管每天我总有某方面的失败，但当我掉进自己弱点的陷阱时，我总是提醒自己，重要的是要了解所以失败的原因，这是更接近认识自我的一种日常生活严峻的考验。无论如何，当我相信自己还能梦想一个比现在更美好的我时，我就找到了慰藉，就找到了工作过程中的深深的快乐。"

心灵 寄语

每一个人，尤其是年轻人，办事能力是有限的，但是只要对奋斗、对成功有种至高无上的信仰，就是一个成熟的人，一个精神领域很富裕的人。

从小木桥上走过去

晓 雪

为了研究心态对人的行为到底会产生什么样的影响，心理学家做了一个实验。

首先，他让10个人穿过一间黑暗的房子，在他的引导下，这10个人都成功地穿了过去。

然后，心理学家打开房内的一盏灯。在昏黄的灯光下，这些人看清了房子内的一切，都惊出一身冷汗。这间房子的地面是一个大水池，水池里有十几条大鳄鱼，水池上方搭着一座窄窄的小木桥，刚才他们就是从小木桥上走过去的。

心理学家问："现在，你们当中还有谁愿意再次穿过这间房子呢？"没有人回答。

过了很久，有3个胆大的站了出来。

其中一个小心翼翼地走了过去，速度比第一次慢了许多；另一个颤巍巍地踏上小木桥，走到一半时，竟趴在小桥上爬了过去；第三个刚走几步就一下子趴下了，再也不敢向前移动半步。

心理学家又打开房内的另外9盏灯，灯光把房里照得如同白昼。这时，人们

39

看见小木桥下方装有一张安全网，只是由于网线颜色极浅，他们刚才根本没有看见。

"现在，谁愿意通过这座小木桥呢？"心理学家问道。这次又有5个人站了出来。

"你们为何不愿意呢？"心理学家问剩下的两个人。

"这张安全网牢固吗？"这两个人异口同声地反问。

心灵 寄语

很多时候，成功就像通过这座小木桥一样，失败恐怕不是力量薄弱、智力低下，而是周围环境的威慑——面对险境，很多人早就失去了平静的心态，慌了手脚，乱了方寸。

放弃自己现在的样子

秋 旋

　　有一条河流从遥远的高山上流下来，经过了很多个村庄与森林，最后它来到了一个沙漠。它想：我已经越过了重重的障碍，这次应该也可以越过这个沙漠吧！当它决定越过这个沙漠的时候，它发现它的河水渐渐消失在泥沙当中，它试了一次又一次，总是徒劳无功，于是它灰心了："也许这就是我的命运了，我永远也到不了传说中那个浩瀚的大海。"它颓丧地自言自语。

　　这时候，四周响起了一阵低沉的声音："如果微风可以跨越沙漠，那么河流也可以。"原来这是沙漠发出的声音。

　　小河流很不服气地回答说："那是因为微风可以飞过沙漠，可是我却不行。"

　　"因为你坚持你原来的样子，所以你永远无法跨越这个沙漠。你必须让微风带着你飞过这个沙漠，才能到达你的目的地。只要你愿意放弃你现在的样子，让自己蒸发到微风中。"沙漠用它低沉的声音这么说。

　　小河流从来不知道有这样的事情，"放弃我现在的样子，然后消失在微风中？不！不！"小河流无法接受这样的概念，毕竟它从未有这样的经验，叫它放弃自己现在的样子，那么不等于是自我毁灭了吗？"我怎么知道这是真的？"小河流这么问。

"微风可以把水汽包含在它之中，然后飘过沙漠，到了适当的地点，它就把这些水汽释放出来，于是就变成了雨水。然后这些雨水又会形成河流，继续向前进。"沙漠很有耐心地回答。

"那我还是原来的河流吗？"小河流问。

"可以说是，也可以说不是。"沙漠回答。"不管你是一条河流或是看不见的水蒸气，你内在的本质从来没有改变。你会坚持你是一条河流，因为你从来不知道自己内在的本质。"

此时小河流的心中，隐隐约约地想起了似乎自己在变成河流之前，也是由微风带着自己，飞到内陆某座高山的半山腰，然后变成雨水落下来，才变成今日的河流。于是小河流终于鼓起勇气，投入微风张开的双臂，消失在微风之中，让微风带着它，奔向它生命中（某个阶段）的归宿。

我们的生命历程往往也像小河流一样，想要跨越生命中的障碍，达成某种程度的突破，往理想中的目标迈进，也需要有"放下自我（执著）"的勇气，迈向未知的领域。

心灵寄语

我们要改变自己，去适应社会，去适应工作的环境以及为人做事的方式，虽然说起来容易但做起来就难了，但是我们一定要努力改变自我，这样才能走向成功！

首先要准备做一系列的选择

语 梅

周末，约翰和杰克来到一个鱼塘边来钓鱼。

不一会儿，杰克就钓了好几条大鱼，而约翰却一无所获。

约翰实在想不明白，便来到杰克身边，向他请教钓鱼的秘诀。

杰克一边将干蝇挂在鱼钩上，一边对约翰说："如果你确定要钓什么鱼，你就准备着做一系列的选择吧。选择的正确与否决定你能否钓到，或者更准确地说能否钓到大鱼。"

杰克将鱼钩准确而且有力地抛向水面，然后坐下来看着说："钓鱼也许应该靠运气的，不确定性的因素太多了。因为如果我们都做了对的选择，是否成功则要靠天意。但是，钓鱼不是傻瓜游戏，它更像是玩儿21点扑克牌。你对娱乐场所（栖息地）、游戏规则（鱼）和概率（水、食物供应量和天气状态）了解得越多，你赢的机会（钓到大鱼）就越大。

"首先，要挑选一片水域。如果你想钓鲤鱼或者鲫鱼，那么必须在淡水区域，比如在水库、鱼塘，或者在一条不大湍急的小河边。如果你想钓到鲸鱼，就需要驾着渔船进入深海，经受惊涛骇浪的考验。

"鱼并非均匀地分布在所有的水域，同一区域，有人能钓到大鲤鱼，而另一些人钓到的总是小鱼。因此，选择池塘变得十分重要了。在这个池塘钓鱼，我是经过反复的选择，而你则是完全盲目的，尽管我们碰巧遇在一起了，但是我们却有区别。这种区别在于我知道自己的选择；而你是随机，也许你能有好机会，但是机会不可能总是惠顾你。真正的成功需要积累和理智的选择。"

杰克的鱼又上钩了，又是一条大红尾鲤鱼。

杰克微微一笑，说："你知道吗？为了选择这个鱼池，我做了长时间的观察和分析，了解水深和藻类的繁殖状况。也许你觉得这不过是一种娱乐，似乎应该更轻松些。但是，如果我们选错了池塘，拿着鱼竿傻傻地坐在池塘边，那还不如坐在花园的长椅上眯着眼睛晒太阳呢！我们也许没必要将钓鱼当成一种体育比赛，但是也不能完全不用心思。这是一种人生态度，一旦你养成了这种态度，你就能从中获得某种乐趣——思考的乐趣。"

"选定了池塘，接下来你应该聘请一个教练。"杰克接着说，"许多人宁愿选择做一个失败者，也不愿意选择依靠他人的帮助和善意，无论是付费还是免费。如果你立即接受你是无知的、而且什么也不懂的事实，如果你闭上自己的嘴巴，那你的钓鱼技术也会迅速提高。

"最后，选择一个位置。与人生层次一样，鱼也有层次之分，当一个地方的鱼钓完了，我们必须不断地调整我们的位置。但并非盲目的，我们必须知道哪些位置会有鱼。鱼是游动的，机会也是在变化的。也许我们选对了一个好区域，并且选对了一个好池塘，但是我们却在一个只有小鱼的浅水区徘徊，我们又怎么能钓到大鱼呢？因此，我们必须不断变化位置来寻找大鱼，并且在其饥饿的时候投下鱼饵，将其钓上来。"

心灵 寄语

　　选择是一种力量。我们每个人的生活都是被动的，因此感觉不到这种力量的存在。一旦我们的人生为自己所把握，我们就能感受到这种力量的存在了。

"平庸之辈"
也要有不甘平庸之心

千 萍

因发现第二种中微子而荣获1988年诺贝尔物理奖的美国实验物理学家利昂·莱德曼，曾给一批颇有抱负的大学生作了题为"低报酬、超工时"的讲演，畅谈科学生涯的乐趣，深受听众欢迎。

几天后，一个听过演讲的大学生给他写了一封信，信中写道："我工作努力，学业不错，但至今未能显出任何真正有希望的成绩。我虽已尽了全力，但看来也只能落在平庸之辈中。我常自问：为什么我要设法进研究生院去苦苦求读，然后进政府研究部门或其他学术研究机构，顶多就是发现一两件别人也可能发现的东西。我何不只拿一个学士学位，然后去当个保险统计员，9点上班，5点下班，工资还很高。

"在我看来，'胜者王侯败者贼'，生活似乎只青睐于少数幸运者——我们的社会只表彰那些已经获得的成果，而不表彰导致这些成果所付出的艰苦劳动。那些辛勤劳动着但不曾成功的人，并不受到表彰，这一点使我感到沮丧！"

莱德曼为答复这位学生的问题而写了回信，信中希望该生考虑考虑"自己的处世哲学和生活动机"，"什么使你觉得真正快乐？在这个星球上什么才是真正有价值的东西？"

这个自认为是"平庸之辈"的大学生所表白的实际心态，确如莱德曼所言，与人生观有关。正因为"平庸"，所以就普遍。这个"平庸之辈"的不甘平庸之心，多少反映了世界上绝大多数寻常人的复杂情绪。虽说三百六十行，行行出状元，但"状元"毕竟没有"秀才"多。科学界也好，其他行业也好。平凡人应该如何生活和工作，如何寻找自我，如何使平凡的人生稍许不平凡些？这个老生常谈的话题，却不断地引起人们新的思索。

心灵 寄语

任何人对于人生价值和人生的意义，都应该正确认识;对自我的人生目标应该深入了解;对于自己人生的战略，要能够从总体上把握;对于内心的矛盾和冲突，要有能力自己克服，不管处在顺境还是逆境，都要有取胜的决心和行动。

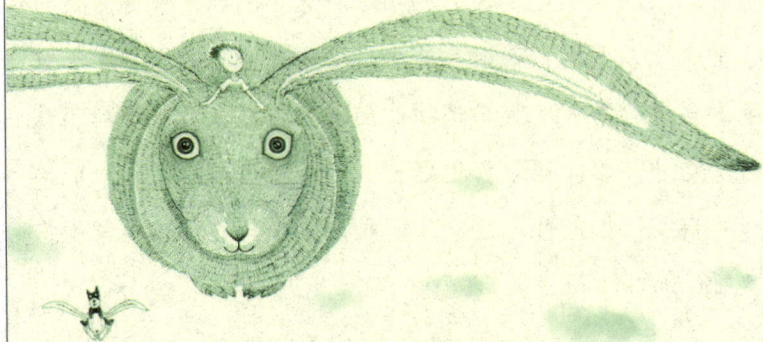

希望成为飞行员的年轻人

秋 旋

有一位卡车司机叫拉利·华特斯，他毕生的理想是飞行。他高中毕业后便加入了空军，希望成为一位飞行员。很不幸，他的视力不及格，因此当他退伍时，只能看着别人驾驶喷气式战斗机从他家后院飞过，他只有坐在草坪的椅子上，幻想着飞行的乐趣。

一天，拉利想到一个法子。他到当地的军队剩余物资店，买了一筒氦气和45个探测气象用的气球。那可不是颜色鲜艳的气球，而是非常耐用、充满气体时直径达四英尺大的气球。

在自家的后院里，拉利用皮条把大气球系在草坪的椅子上，他把椅子的另一端绑在汽车的保险杠上，然后开始给气球充气。

接下来他又准备了三明治、饮料和一支气枪，以便在希望降落时可以打破一些气球，以使自己缓缓下降。

完成准备工作之后，拉利坐上椅子，割断拉绳。他的计划是慢慢地降落回到地上。但事实可不是如此。当拉利割断拉绳，他并没有缓缓上升，而是像炮弹一般向上发射；他也不仅是飞到200英尺高，而是一直向上爬升，直停在1.1万英尺的高空！在那样的高度，他不敢贸然弄破任何一个气球，免得失去平衡，在半空中突然往下坠落。于是他停留在空中，飘浮了大约14小时，他完全不知道该怎样回到地面。

终于，拉利飘浮到洛杉矶国际机场的进口通道。一架法美航机的飞行员通知指挥中心，说他看见一个家伙坐在椅子上悬在半空，膝盖上还放着一支气枪。

洛杉矶国际机场的位置是在海边，到了傍晚，海岸的风向便会改变。那时候，海军立刻派出一架直升机去营救；但救援人员很难接近他，因为螺旋桨发出的风力一再把那自制的新奇机械吹得愈来愈远。终于他们停在拉利的上方，垂下一条救生索，把他慢慢地拖上去。

拉利一回到地面便遭到逮捕。当他被戴上手铐，一位电视新闻记者大声问他："华特斯先生，你为什么这样做？"拉利停下来，瞪了那人一眼，满不在乎地说："人总不能无所事事。"

心灵 寄语

人总不能无所事事，人生必须有目标，必须要积极地采取行动！当然，目标必须切合实际，行动也必须要积极有效。借此，你可以被带到人生的崇高境界，而不是深陷囹圄。

不再想当拳击家

佚名

小汤姆6岁的时候，还根本不知道自己在这个世界上到底要干什么。周围的人和各种工作都使他喜欢。

有时，汤姆想当一名天文学家，为的是每天晚上不睡觉，用望远镜观察遥远的星星。有时，他又幻想当一名远航船长，到遥远的新加坡去，到那里为自己买一只逗人的小猴儿。有时候呢，他渴望变成地铁司机，好戴上一顶神气的帽子到处走走。他也曾如饥似渴地想当一名美术家，在柏油路上为来往飞驰的汽车画白色的行车线。有时，汤姆觉得当个勇敢的旅行家也不坏，光靠吃生鱼，横渡四大洋……

第二天，汤姆已经急着要当一个拳击家了，因为他在电视里看了一场欧洲拳击冠军赛。拳击家们你来我往打得真来劲！接着又播放了他们的训练情况。训练时他们打的是沉重的皮制的"梨"了，那是个椭圆形的有分量的沙袋。拳击家们使出全身的力量来打这个"梨"，为的是锻炼自己的攻击力。汤姆看上了瘾，也想成为他们院里最有力气的人。

汤姆对爸爸说："爸爸，给我买一个梨吧！"

爸爸说："现在是1月，没有梨。你先吃胡萝卜吧！"

汤姆大笑起来："不，爸爸，我要的不是那样的梨！你给我买一个平常练拳用的皮子做的那种梨吧！"

"你要那个干吗？"爸爸问。

"练拳呗。"汤姆说，"我要当一个拳击家啊！"

"那种梨多少钱一个呢？"爸爸问。

"值不了几个钱。10卢布，要不就是50卢布。"

"没有梨，你就随便玩儿点别的吧。你反正什么也干不成。"说完，爸爸就上班去了。

爸爸拒绝了他的要求，汤姆很不痛快。妈妈马上看出来了，立即说："我有一个主意。"她哈下腰，从长条沙发下面拖出一个大筐：里面装着一些旧玩具。那些旧玩具汤姆已不爱玩儿了，"自己长大了嘛。秋天，爸爸妈妈就该给我买学生服和帽檐闪光的学生帽了。"

妈妈在筐里翻腾起来。她翻腾的时候，汤姆看见掉了辘轳的小电车、哨子、陀螺、船帆上的碎片以及其他许许多多的玩意儿。突然，妈妈从筐底下发现一个胖乎乎、毛茸茸的小熊。她把小熊扔到沙发上，说："你看，这还是米拉阿姨送给你的呢。你那时刚满2周岁。多好的小熊，瞧那肚子多大，哪一点比'梨'差？比'梨'还好嘛！用不着买'梨'了。你练吧。"

这时有电话找她，她便到走廊上去了。

汤姆真高兴，妈妈想的主意这么好。他把小熊放到沙发上，摆好，以便打起来顺手些。汤姆要拿它练拳了。

小熊坐在他的面前，一身巧克力色。两只眼睛一大一小：小的是原来的——黄色，玻璃做的；大的白色——是用一个纽扣做的。小熊用它那不一样大的眼睛十分快活地瞧着汤姆，两手朝上举着，似乎在开玩笑，说它不等汤姆打就投降了……汤姆瞧了它一会儿，突然想起好久好久以前自己跟它形影不离的情景来了。那时汤姆走到哪里都拉着它。吃饭时让它坐在旁边，用羹匙喂它；当他把什么东西抹到它嘴上时，它那张小脸儿十分逗人，简直像活了似的。睡觉时汤姆也让它躺在旁边，对着它那硬邦邦的小耳朵，悄声地给它讲故事。那时候，汤姆爱它，一心一意地爱它，为了它，把命献出来他都舍得。可它，自己往日最要好的朋友，童年的真正朋友，这会儿却坐在沙发上。它坐在那里，一大一小的眼睛对自己笑着，而汤姆却想拿它练拳……

"你怎么啦？"妈妈问道。她已经从走廊上回来了。"出了什么事？"

汤姆也不知道自己怎么啦。他转过脸去，沉默了好长时间，为的是不让妈妈从声音猜出自己的心事来。他仰起头，想把眼泪憋回去。后来，稍微克制住了自己的感情以后，他说：

"没什么，妈妈。我不过是改变了主意，不过是我永远也不再想当拳击家了。"

心灵寄语

梦想是五彩斑斓的，梦想可以使人的生活更加充实。但是如果为了实现梦想而去伤害自己的朋友甚至亲人，那这种梦想实现后也只会带来惭愧和悔恨，绝不会使人快乐。

要学会思考

采 青

有一天晚上，卢瑟福走进实验室，当时时间已经很晚了，见一个学生仍伏在工作台上，便问道："这么晚了，你还在干什么呢？"

学生回答说："我在工作。"

"那你白天干什么呢？"

"我也工作。"

"那么你早上也在工作吗？"

"是的，教授，早上我也工作。"

于是，卢瑟福提出了一个问题："那么这样一来，你用什么时间思考呢？"

后来，这个学生通过仔细观察发现，每天傍晚，不管实验工作进行得顺利还是不顺利，卢瑟福总是在走廊里散步，那种神情表明他正在思考。

他经常对学生说："不要死记硬背，也不要满足于实验，而要学会思考。只有勤于和善于思考的人，才能获得知识，取得成就。"

心灵 寄语

如果你提出了目标——想在某个领域中获得尽可能大的成果，那么必须把思考的时间留出来。古今中外凡是有重大成就的人，在其攀登科学高峰的征途中，都是给思考留有一定时间的。没有思考或不会思考的人，将一事无成。

写下你的梦想

芷 安

1940年11月，他出生在美国三藩市，英文名字叫布鲁斯·李。因为父亲是演员，他从小就有了跑龙套的机会，于是产生了想当一名演员的梦想。可由于身体虚弱，父亲便让他拜师习武来强身。1961年，他考入华盛顿州立大学主修哲学，后来，他像所有正常人一样结婚生子。但在他内心深处，时刻也不曾放弃当一名演员的梦想。

一天，他与一位朋友谈到梦想时，随手在一张便笺上写下了自己的人生目标：

"我，布鲁斯·李，将会成为全英国最高薪酬的超级巨星。作为回报，我将奉献出最激动人心、最具震撼力的演出。从1970年开始，我将会赢得世界性声誉；到1980年，我将会拥有1000万美元的财富，那时候我及家人将会过上愉快、和谐、幸福的生活。"

写下这张便笺的时候，他的生活正穷困潦倒，不难想象，如果这张便笺被别人看到，会引起什么样的嘲笑。

然而，他却把这些话深深铭刻在心底。为实现梦想，他克服了无数次常人难以想象的困难。比如，他曾因脊背神经受伤，在床上躺了4个月，但后来他却奇迹般地站了起来。

1971年，命运女神终于向他露出了微笑。他主演的《猛龙过江》等几部电影都刷新了香港票房纪录。1972年，他主演了香港嘉禾公司与美国华纳公司合作的《龙争虎斗》，这部电影使他成为一名国际巨星——被誉为"功夫之王"。1998年，美国《时代》周刊将其评为"20世纪英雄偶像"之一，他是唯一入选的华人。

他就是李小龙——一个"最被欧洲人认识的亚洲人"，一个迄今为止在世界上享誉最高的华人明星。

1973年7月，事业刚步入巅峰的他因病身亡。在美国加州举行的"李小龙遗物拍卖会"上，这张便笺被一位收藏家以2.9万美元的高价买走，同时，2000份获准合法复印的副本也当即被抢购一空。

心灵 寄语

写下你的梦想，哪怕是在一张不起眼的便笺上，或许它会引领你走向成功，步入辉煌。不要轻视这不起眼的便笺，它是你毕生的追求，是你内心世界深深的渴望。

愿当勤杂工的法拉第

佚 名

法拉第由一个装订工成为了不起的大科学家，关键在于他能够到当时誉满欧洲的化学家戴维的实验室工作。这样的好条件、好机遇是天下掉下来的吗？不，完全是靠他自己创造的！

法拉第在当装订书报的工人时，听了戴维的报告之后，把所有的报告整理抄清，装上羊皮封皮，一次次邮给戴维。戴维大为感动，请法拉第来面谈。

法拉第很想在戴维的实验室找份工作，戴维却拒绝了，说："你年纪也不小了，什么教育也没受过，还是回到装订车间去吧！"

这无异于给法拉第当头泼了一瓢冷水。若是一般人，被人拒绝到这般地步，还有什么可说呢？

法拉第则不然，一计不成又生一计。他向戴维请求："不能收我当实验员，就让我当勤杂工吧！"

就这样，法拉第创造了机遇，一步一步，终于当了实验室助手，并因此才有了一系列的创造发明，被后人尊称为"电学之父"，最终的成就还超过了戴维！

心灵寄语

　　欲速则不达，给给自己定过高的目标，有时非但不会增加前进的动力，反而把自己搞得精疲力竭！所以，试着降低自己的物质目标及事业野心，有时会带来许多机会，从而更容易获得成功。

成功需要多长时间

　　成功离我们每个人并不远，成功也不需要太长的时间，只要你坚持，只要你勤奋，成功的阳光便很快会照射到你忙碌的身上。不要畏惧成功的遥遥无期，成功其实不需要太长的时间，用上你发呆或喝咖啡的时间已经足够了。

四个饥饿的人和长者的恩赐

雪翠

　　从前，有两个饥饿的人得到了一位长者的恩赐：一根竿和一篓鲜活硕大的鱼。其中，一个人要了一篓鱼，另一个人要了一根鱼竿，于是，他们分道扬镳了。得到鱼的人原地就用干柴搭起篝火煮起了鱼，他狼吞虎咽，还没有品出鲜鱼的肉香，转瞬间，连鱼带汤就被他吃了个精光，不久，他便饿死在空空的鱼篓旁。另一个人则提着鱼竿继续忍饥挨饿，一步步艰难地向海边走去，可当他已经看到不远处那片蔚蓝色的海洋时，他浑身的最后一点力气也使完了，他也只能眼巴巴地带着无尽的遗憾撒手人间。

　　又有两个饥饿的人，他们同样得到了长者恩赐的一根鱼竿和一篓鱼。只是他们并没有各奔东西，而是商定共同去找寻大海，他俩每次只煮一条鱼。他们经过遥远的跋涉，来到了海边，从此，两人开始了捕鱼为生的日子，几年后，他们盖起了房子，有了各自的家庭、子女，有了自己建造的渔船，过上了幸福安康的生活。

心灵 寄语

　　一个人只顾眼前的利益，得到的终将是短暂的欢愉；一个人目标高远，但也要面对现实的生活。只有把理想和现实有机结合起来，才有可能成为一个成功之人。

诚实是永恒的人性之美

碧 巧

乔治从小聪明能干，好奇心强，不论对什么事情都要动脑筋想一想，问个"为什么"。他的父亲是个大种植园的园主，非常喜爱花草树木。他亲手在自家的花园里栽培了几棵樱桃树，每天浇水、松土，爱如珍宝，使樱桃树长得既快又壮。

一天，父亲出去了。乔治望着枝叶茂盛的樱桃树，脑子里闪出个大问号：这几棵樱桃树为什么能长得这样好呢？他皱着眉头来回打量，突然自语道："哼，这树干里面说不定有什么'宝贝'呢！弄开看看。"他看看家里没人，便提了一把斧头，来到树前"咔嚓"一下把樱桃树砍断了。然后，扔下斧头，握把小刀，急切地在树干里拨呀、找呀，但始终没找到什么"宝贝"。于是，他泄气了，心想："宝贝"没找到，树也砍坏了，父亲回来定会打我的。他害怕了。

父亲回来了。他像往常一样，先去看他的樱桃树。听见父亲的脚步，乔治紧张得冒出了一身冷汗。果然，大祸临头，父亲捡起被砍断的樱桃树枝恼怒地吼道："这是谁干的？谁干的？真是太坏了！我要扭断他的胳膊。"听到父亲的喊声，全家人都跑出来摇头摆手表示不是自己砍的。乔治心想，树是自己砍的，何必连累别人呢？他咬了一下嘴唇，走到父亲跟前，说："爸爸，樱桃树是我砍的！"父亲正要举手打他，乔治睁着一双大眼睛望着盛怒的父亲说："爸爸，我告诉你的是事实，绝没有说假话！"听着儿子的申述，父亲的怒容顿时消失了，心想：是呀，孩子虽然损坏了樱桃树，但他却认识了自己的错误，而且能诚实地承认错误，我怎么能打他呢？

他和蔼而亲切地把乔治拉到身边，说："孩子，你不必害怕，我不会打你的。因为，你这种对错误勇敢诚实的态度，比爸爸心爱的樱桃树要珍贵千万倍！"接着他拍拍儿子的小脑瓜，询问了他砍树的前前后后。乔治又如实地向父亲叙述了他砍树的想法。父亲听了很高兴，吻了一下儿子说："是啊，对任何事情都要多问几个为什么。"然后父亲大声向全家人说："我们家的每一个人，包括我自己在内，都要向我们的小宝贝乔治学习这种诚实的精神！"

故事中的小乔治就是后来的美国第一任总统华盛顿。他的一生，凭着优秀的品质，受到了广大人民的拥戴，促使他一步步成功地走向总统的位置，成为美国有史以来的第一位伟大的总统。

多少年来，华盛顿身上折射出来的人性光辉激励着一代代美国的青少年，去追求高尚的品质。可以说，诚实的品格是获得成功人生的第一要素，历来被伟人们所尊崇。

诚实是一种品格，同时是我们立身的根本。诚实的人，任何时候都值得我们去信赖，而他们高尚的情操和纯洁的品质也注定铭刻在人类的荣誉丰碑之上，并闪耀着永远的人性之光。

其实，诚实并不难，从一点一滴做起就行。想一想，你在日常学习生活中真的诚实吗？答应别人的事你努力做到了吗？这些看起来是一件件小事，但诚实就

包含在这点点滴滴中。养成诚实的好品质需要从小事做起，更需要坚持去做，只要能以诚为本，以实为根，坚持时时处处注意自己的言行，从小养成一种对任何事情认真踏实，对任何人以诚相待的态度。在日常的学习、生活中培养自己良好的品德，那你就会成为一个具备诚实好品质的人。

心灵 寄语

诚实是人类最美好的品德，一个不诚实的人永远也不会被他人所相信，所以就算有再大的诱惑，也要坚守诚实，只有这样才能赢得尊重，更重要的是只有这样才能问心无愧。

成功需要多长时间

沛 南

我的一个同学现在成了画家，但他原先是研究数学的。当年他做教师，水平不高，在校园里生活得很被动，对未来没抱什么希望。

他自小喜欢画画，这个兴趣一直伴随着他的业余时间。当教师后结识了一些美术界的朋友，那些朋友劝说他追求自己的个性和理想，于是他就辞职了。凭着工作数年的积蓄，他背着画夹走南闯北，过着一种近似流浪的生活。

3年后，他结束流浪，专心致力于绘画。这期间他很贫困，一边卖画，一边靠朋友们的接济生活。和许多文艺界人士不同的是，他基本上不参加任何社会活动，朋友圈子也很小。甚至，他连美术界的新潮流、新动向都不甚关心，只是凭着自己的才华和个性，一心追求自己的理想。

这么又过了3年，他终于引起同行们的注意。他的画作以清新、流畅，富有叛逆精神而渐渐闻名。

以下是这位朋友向我简单介绍的成功经过，内容很苍白，没什么意思。但有意思的是，他边喝咖啡边给我计算他取得成功实际花费的时间。

小时候，大约从初中开始，喜欢画画，一直到高中一年级，用于绘画或阅读有关书籍的时间平均每天大约1小时，这4年用于绘画的实际时间大约是4×365×1=1460（小时），约合61整天。

读高二、高三时，因为考大学，在严格的环境下，一度与绘画绝缘。上大学后，渐渐恢复以前的爱好，4年中用于绘画或阅读有关书籍的时间平均每天约1小时，与上同，约合61整天。

大学毕业后，为找工作、换工作，用了约一年时间，直到成为教师，才又拿起画笔。在校园的3年里，用于绘画或阅读有关书籍的时间每天约3小时，3×365×3=3285（小时），约合137整天。

辞职后，流浪3年，用于绘画或阅读有关书籍的时间平均每天约8小时，3×365×8=8760（小时），正好365整天。

闭门创作3年，用于绘画或阅读有关书籍的时间平均约10小时，3×365×10=10950（小时），约合456整天。

以上相加，61+61+137+365+456=1080（整天），约等于3年。

朋友说，从我小时候对绘画产生爱好时起，到我获得第一个大奖，正式成为"绘画工作者"止，实际花费于此项工作的时间只有3年，其他的时间都用于吃喝拉撒睡，或者做与绘画无关的事情。

朋友说，为了追求理想，人们又是写诗，又是唱歌，搞得很隆重。其实只要甘于寂寞，保持你的理想，一有机会就去实践它，时间长了，自然水到渠成。

成功其实需要的时间就是那么三五年，可是，这三五年却是甘于寂寞的三五年，是埋头苦干的三五年，是朝向目标决不放弃的三五年。

心灵 寄语

成功离我们每个人并不远，成功也不需要太长的时间，只要你坚持，只要你勤奋，成功的阳光便很快会照射到你忙碌的身上。不要畏惧成功的遥遥无期，成功其实不需要太长的时间，用上你发呆或喝咖啡的时间已经足够了。

尝试动一下手指

雅 枫

有一种叫作香子兰的豆科植物，它的果实在晒干变黑后，会散发出浓郁的香味，人们用这样的果实制造的香料，广泛地应用于食品和化妆品领域。

由于香子兰果实的产量很低，其价格也仅仅次于藏红花，成为世界第二昂贵的调味"香料之王"。

因为香子兰果实的珍稀与贵重，当地的印第安人部落经常会因为争夺它而发生武力冲突。

其实在最初时期，只有墨西哥才出产香子兰，因为香子兰花朵的形状独特，只有墨西哥特有的长鼻蜂才能够为它授粉，使它结出果实。

1793年，南印度洋留尼汪火山岛上的居民非常想拥有香子兰，于是他们同时引进了香子兰和能为之授粉的墨西哥长鼻蜂。

春天的时候，香子兰在岛上生长茂盛，并且开出了美丽的淡黄色的花朵，这使得留尼汪人非常兴奋。但是很快他们开始变得沮丧了：那些长鼻蜂由于无法适应火山岛上的生活，慢慢都死去了，连一只也没有存活。而当地蜜蜂对这种外来植物也表现得毫无兴趣，根本不愿为它授粉。

香子兰的花期又非常短暂，每朵花只开一天，如果没有授粉者，就意味着这些花朵将全部凋谢，连一颗果实也不可能结出来。所有的人都心急如焚，却找不到授粉的好办法，只能眼看着花谢而绝望。

一天，一个同样心存绝望，却又心有不甘的人用手捻了捻几朵香子兰花的花蕊，没想到经过他这一捻的这株香子兰，在花落以后竟结出了香喷喷的果实。

于是岛上的人们才开始明白，原来香子兰是雌雄同株的植物，没有长鼻蜂，也可以人工为它授粉。

此后，每当香子兰花开的季节，人们只要用一个长长的针刺一下花蕊，就能轻松地完成授粉任务。这个发现，使得如今的香子兰遍及世界的每一处角落。

心灵 寄语

希望就在我们的眼前，往往是因为我们的无动于衷和消极等待而与它失之交臂，其实我们只需动一下手指，奇迹就会出现在眼前。一件司空见惯的小事或许就可能是打开机遇宝库的钥匙！

逐渐实现自己的目标

冷 柏

实现计划就可以称为成功，成功不单单是一个结果，而是一个慢慢实现目标的过程。目标不是孤立的，人有许多的目标，如果各个目标之间完全分离，没有联系，最终成功的效果可能并不明显。古人言："不谋全局者，不足谋一域；不谋万世者，不足谋一时。"成功应该是一个大的目标体系，人生的总体目标领导下的各个远、中、近期目标，大目标之下的各类中、小目标。每个小目标都是人生目标的分解，都是大目标的缩影，而每一个小目标的变化和调整，都会对目标体系产生影响。这样，各个目标产生的就是相乘效果、雪球效应。

而短期的目标既要有激励价值，又要现实可行。心理学家已经证明，太难或者太容易的事情都不具有挑战性，也不会激发人的热情。中短期计划是现实行动的指南，如果低于自己的水平，干些不能发挥自己能力的事情，则不具有激励价值。但是高不可攀，拿不出一个合适的计划，则会挫伤积极性，反而起到消极的作用。

1985年，在东京国际马拉松邀请赛中，名不见经传的日本选手山田本一出人意料地夺得了世界冠军。两年后，意大利国际马拉松邀请赛在意大利北部城市米兰举行，山田本一代表日本参加比赛，这一次他又获得了世界冠军，他取得胜利实在有点儿让人匪夷所思。

10年后，在他的自传中，问题得到了诠释，在书中他这样写道："每次比赛之前，我会乘车把比赛的线路仔细看一遍，并且把醒目的标志画下来。比如第一个标志是银行，第二个标志是一棵大树，第三个标志是一个蓝色的房子……这样一直画到比赛的终点。比赛开始的时候，我以最快的速度冲向第一个终点，接着还是以最快的速度冲向第二个终点。40千米外的终点被分解为这么几个小的目标，轻松就完成了整个比赛。起初，并没有意识到小目标的作用，当我把目标定在40千米外的终点线上的时候，结果我跑不到一半就已经疲惫不堪了，我被前面那段遥远的路程给吓倒了。"

不要抱怨你完成不了的目标，把人生的大目标，分为若干个小目标，再努力一点点完成小目标，完成一个小目标之后再激励自己完成下一个小目标……这时，你会发现你离大目标已经不远了。

心灵 寄语

人要学会制订目标，并不断总结自己，不断前进。就像竹子的品德，不盲目，不自大；有节制，有目标。我们的人生又何尝不是由一个个阶段，一个个部分所组成的呢？把目标放在力所能及的地方，你会发现其实你离成功就只差这一步的距离。

不能忽略了那一点点

碧 巧

两个渔夫听说海螺在市场上特别抢手，便一大早出去捡海螺。年轻的渔夫心想：我眼睛好使，腿脚又利落，比起那个老的来，我的收获肯定要多得多，而且一定要挑选那些又大又好的。

一老一少两个渔夫开始捡海螺。老渔夫只要看见海螺就如获至宝地捡起来，年轻人总是撇撇嘴，暗自说："这么小的他也要，弯一次腰都不划算！"

不一会儿，老人的袋子里就有了一小半了，而年轻人的袋子还是空空的。年轻人还是不屑一顾地说："那有什么！我走得快，而且眼睛尖，只要我发现一处海螺多的地方，我弯一次腰就能捡得更多。"

年轻的渔夫就这样走了大半天，始终没有发现海螺又多又大的地方，他的袋子里还是只有一点，那还是他实在不情愿弯了几次腰得到的收获，而老人的袋子已经满满的了。

晚上，两个人一同回去，遇见另一个渔夫。那个人问道："那个地方的海螺多吗？"

老渔夫乐呵呵地回答说："多啊！很多呀！你看我一天捡了这么多呢！"

年轻渔夫的声音同时也夹杂在里面："那儿有什么海螺啊！一块地方只有零星的几个，不值得捡！"

没有一点点的电火花就没有震耳惊雷。小的不要，零散的不要，又怎能有丰厚的积累。大海只所以浩瀚博大，是因为它视每一滴水为珍贵，从不肯放弃一点点的溪流。

心灵寄语

冰冻三尺非一日之寒，不要忽视一点一滴的累积，因为质的变化是需要长久的量的积累的。不要轻视和遗漏每一个接近成功的机会，终有一天当你回首时会发现自己有积攒的宛如大海般的浩瀚宽广。

学会放弃，正确选择

静 松

在选择的过程中，我们可能会面对一些难以取舍的问题，这时就要学会放弃。只有学会放弃，人生才会得到快乐。但是，放弃是有原则的，该放弃的放弃，不该放弃的终不能放弃。

所以，聪明人总是在得失之间及时选择，把一切不利于自己的东西都放弃。同时，在此过程中，他们也深深地明白：人生有些范畴是完全可以放弃的，而有些范畴又是完全不可放弃的，比如荣誉和利益可以放弃，而权利和义务不应该放弃；观念可以放弃，而人格和尊严则不可以放弃；结果可以放弃，而过程则不可以放弃；情感可以放弃，而责任则不可以放弃；生命可以放弃，而信仰必须坚持。世上的事，往往相辅相成，拥有之中便有失去，缺乏之中又会有获取。将人生的镜头调到不同的角度，我们便会产生各种奇妙的结果。"没有"之中快乐，就是我们把人生当成一种得与失的循环而顺其自然寻其明亮的结果。生活当中，我们不要固执，别总是认为得与失永远只能对立在一起，我们应该换个角度来看，得与失永远是一对孪生兄弟，如影随形。做人不能因为固执而坚守自己已经得到的，也不能因为执著而迷恋已经失去的。

常言道，有得必有失。任何一个人若在某一领域有所作为，可能在其他领域就显得笨手笨脚。如同把一块上等的木头雕刻成一件工艺品一样，你必须知道哪些部分是必须除去的，才可能做成一件工艺品。否则，什么都想留着，最后得到的只会是一块原封不动的木头。同理，在成就事业方面，我们只有放弃不必要的部分才能真正地获得成功所必需的那一部分。要知道，什么都想得到的人，可能会为物所累，最终一无所获。

不要什么都想得到，有得就有失，我们要以自己最需要的为目标，抓住最有价值的，舍弃一些无关紧要的，把精力投入到最重要的事情上去。

心灵 寄语

我们往往不停地想要得到和索取，却常常忘记适当地放弃与忘记。我们就像一个箱子，想装进更好的东西，但却不知道要时常拿出占有空间的无用的负担和无关紧要的束缚。

懂得谦逊，成功做人

晓 雪

　　谦逊不仅是一种美德，谦逊者往往还能得到他人更多的友善和关照，从而为事业的成功打下良好基础。

　　张良是当初指使力士刺杀秦始皇的韩国公子，他行刺失败之后逃至下邳（今江苏邳县）。

　　一天早晨，张良独自外出，眺望田野景色。当他走到一座桥上时，忽见一位皓首老翁，身穿黄色大褂，向他走来。行至近前，恰巧老人的一只鞋子掉在桥下。老人对张良说："年轻人，你下桥去，把我的鞋子捡来！"张良一听，不由动起怒来，心里说，你我素不相识，为何叫我替你取鞋子？可是再一细想：这老人手持竹杖，须眉皆白，少也有七八十岁，为何与他动气？于是便忍住怒气，跑下桥去，把鞋子拾了回来。张良上来正要把鞋子递给老人时，不料老人坐在地上，伸出一只脚，又说："年轻人，给我穿上！"张良一愣，觉得既好气，又好笑，暗想：我既已替他取来鞋子，索性好人做到底吧！于是跪在地上，恭恭敬敬给老人把鞋穿上，老人又故意把鞋蹬到桥下，让张良又去捡来给他穿上。这样折腾了三次。老人扬起头来，理理胡须，微微一笑，站起身下桥便去。张良不免又是一愣：如此不通情理，竟然连声称谢的话都不说！他越想越觉得这位老人古怪离奇，便跟在他身后，且看他行往何处，做何举动。约摸走了半里多路，老人似已发觉张良还在跟随自己，便回过身来，和颜悦色地对张良说道："你这娃娃还有出息，可以授教！"张良一听，知道老人有些来历，就赶紧跪在地上，拜了几拜说："我这里拜师父了！"老人说："五日以后，天色一亮，你可仍到此处，与我相会。"张良答了声"是"，便目送老人远去。

第五日，张良黎明即起，按约定，去原地迎候老人。谁知他到时老人已经到了。老人生气地对他说："你跟老人约会，应该早到，为何要我等你？今日且回，再过五日，早来会我！"张良不敢多言，当下跪地认错。

又过五日，张良格外留心，一闻鸡鸣，便即前往，哪知老人又已先到，仍旧责他迟到不敬，要他再过五日，准时来会。张良又一次扫兴而归。

又过了五日，张良刚过黄昏，便去等候老人。不大一会儿，老人来到，见张良正在此等候，开颜笑道："娃娃求教，就该如此！"说着从袖中取出一书交给张良，谆谆嘱咐说："你好好读此书，日后可成有学问之人！"

张良小心地接过书来，恭恭敬敬致了谢，尔后问起老人尊姓大名，那老人也不回答，扭头便去了。等到天亮，张良将书展开一看，原来是一部《太公兵法》（太公，就是周文王的军师姜太公）。从此，张良不分昼夜，苦读不舍，竟把全部《太公兵法》背了个滚瓜烂熟。其后不久，各路义军纷纷扯旗造反，张良见时机已到，结交豪士，拉起队伍，扯起了反秦抗暴的大旗。

谦逊是一种美德，也是每个人走好人生之旅的必备之具。只有谦逊，才会不断地要求上进，才会善采人之长而补己之短，才会兢兢业业，从小处做起，并严格要求自己，才会达到事业的高峰。张良能

够谦逊对待老人，所以得《太公兵法》。人生本来就是克服了一个又一个障碍前进的，攀登事业的高峰就像跳高，如果没有一刹那间的下蹲积聚力量，怎么能纵身上跃？人生又像一局胜负无常的棋，我们无法奢望自己永远立于不败之地。天外有天，人外有人。进而观于大海之鹏，则渺然自小；又进而求之九霄之风，则巍乎莫及。只有建筑在谦虚谨慎、永不自满的基础之上的人生追求才是健康的、有益的，才是对自己、对社会负责任的，也是会有所作为、有所成功的。

心灵 寄语

在低调中修炼自己。低调做人，无论在官场、商场还是政治军事斗争中都是一种进可攻、退可守，看似平淡，实则高深的处世谋略。谦卑处世人常在。谦卑是一种智慧，是为人处世的黄金法则，懂得谦卑的人，必将得到人们的尊重，受到世人的敬仰。

把敌人变成人

凝丝

1944年冬天，2万德国战俘排成纵队，从莫斯科大街上穿过。所有的马路都挤满了人。苏军士兵和警察在战俘和围观者之间。围观者大部分是妇女，她们当中的每一个人都是战争的受害者，或者是父亲，或者是丈夫，或者是兄弟，或者是儿子，都让德寇杀死了。妇女们怀着满腔仇恨，朝着大队俘虏即将走来的方向望着。当俘虏们出现时，妇女们把一双双勤劳的手攥成了拳头，士兵和警察们竭尽全力阻挡着她们，生怕她们控制不住自己的冲动。

这时，一位上了年纪的妇女，穿着一双战争年代的破旧的长筒靴。把手搭在一个警察肩上，要求让她走近俘虏。她到了俘虏身边，从怀里掏出一个用印花布方巾包裹的东西。里面是一块黑面包，她不好意思地把这块黑面包塞到了一个疲惫不堪的、两条腿勉强支撑得住的俘虏的衣袋里。于是，整个气氛改变了。妇女们从四面八方一齐拥向俘虏，把面包、香烟等各种东西塞给这些战俘。

这是叶夫图申科在《提前撰写的自传》中讲的一则故事。叶夫图申科在故事的结尾写了这样两句话："这些人已经不是敌人了，这些人已经是人了。"

这两句话十分关键。它道出了人类面对世界时所能表现出的最伟大的善良和最伟大的生命关怀。当这些人手持武器出现在战场上时，他们是敌人；可当他们解除了武装出现在街道上时，他们是跟所有别的人，跟"我们"和"自己"一样具有共同外形和共同人性的人。当"我们"在自己的内心主动地将他们的身份做了这样的转换以后，和平、友爱、宽容、尊严等才立刻具有了可能性。如果死死咬定某个原则，所谓人间和平连理论上的可能性都没有，更别说实践上的努力了。一个人有没有丰富的人性，是不是具有超越仇恨和敌意的心理力量，在这里可以见出分晓来。

究竟是把敌人变成人，还是把人变成敌人，这里体现了人类灵魂走向的两种可能性：一种走向通往天使；一种走向通往魔鬼。

心灵 寄语

当我们用仇恨的目光去看待对方的时候，不妨换一种心态，用宽恕、谅解的心情去接受他，驱除他的邪恶，唤醒他纯洁的灵魂。学会宽容，学会忍让，把讨厌的人变成你的朋友，化解彼此的矛盾，让世界充满爱。

失败是成功的铺路石

芷 安

　　诙亚·博通早年埋头于发明创造，他先是发明了脱水肉饼干，但却未给他带来多少好处，相反，却使他在经济上陷入窘境。有了第一次失败的教训，又经过两年反反复复的试验，他终于又制成了一种新产品——炼乳，并决定把它推向市场。博通的第一步是要寻找专利保护。

　　博通发明的炼乳，是一种纯净、新鲜的牛奶，牛奶中的大部分水分在低温中利用真空抽掉。但是，博通为他的制造方式寻求专利权时，得到的答复是：产品缺乏新意。并且，专利局官员告诉他，在已批准的专利申请存档中已经有数十种"脱水乳"的专利权，其中包括一种"以任何已知方法脱水"。博通并不甘心，又一次提出申请。但他的第二次申请又再度被驳回，因为专利官员判定"真空脱水"并非是必要的过程，博通只是被认为制作态度比较谨慎而已。第三次申请仍被拒绝，理由是博通未能证明"从母牛身上挤出的新鲜牛奶在露天地方脱水"与其他的制作方式的目的不一致。

　　虽然三次申请，三次被驳回，但这并未把博通击倒。他对专利权仍然穷追不舍，因为他坚信他的创造。他的第四次申请终于被批准了。

然而，虽然有了专利权，推销新产品也不是一帆风顺的。博通的工厂是由一家车店改造的，租金便宜，刚开业时，博通每天花费18个小时在厂里指导炼乳的生产方法，监督生产程序，检查卫生清洁情况。由于附近有纯正、营养丰富的牛奶供应，因而炼乳的成本较低。

于是，博通小心地挑选了一位社区领袖做他的第一位顾客，因为这位社区领袖对炼乳的意见会有助于巩固新公司及其新产品在该地区的地位，而且这位社区领袖对产品也表示了赞赏。但是，当地的顾客习惯的是把掺有水分的牛奶放入一些发酵品，进行蒸馏，他们只觉得炼乳稀奇古怪，对它有疑心，所以，很少有人问津。出师屡屡不利，甚至到了山穷水尽的地步——博通的两位合伙人都失去了信心，第一家炼乳厂被迫关闭了。

在失败面前，该亚·博通破釜沉舟，又建起了新厂，也许是他的努力感动了上帝，他的第二次尝试终于获得了成功。他的公司在他逝世时，已根深蒂固，成为美国具有领导地位的炼乳公司。博通的创业奋斗奠定了现代牛奶工业生产的基石。

在博通的墓碑上，有这样一段墓志铭："我尝试过，但失败了。我一再尝试，终于成功。"这正是对他一生的总结，这对每个渴望成功的人也是一种激励。

心灵 寄语

成功之路就像是独木桥，追求的路上人数众多，但走到最后的却寥寥无几。一次次的失败，为我们铺陈通向成功的新的道路，这条道路也唯有经历无数坎坷与失败的人才会找到。

常立志不如立长志

　　坚定的信念是每个成功者所必需的品质，它的意义在于你对于自己的志向有执著的态度。那些意志薄弱的人往往在还未触及成功的门径时，就已被艰难险阻所击退，于是只能一次次重新建立自己的目标。

毛遂自荐，争取机会

冷 柏

卡罗·道恩斯原是一家银行的职员，但他却放弃了这份在别人看来安逸而自己觉得不能充分发挥才能的职业，来到杜兰特的公司工作。当时杜兰特开了一家汽车公司，这家汽车公司就是后来声名显赫的通用汽车公司。

工作六个月之后，道恩斯想了解杜兰特对自己工作优缺点的评价，于是他给杜兰特写了一封信。道恩斯在信中提出了几个问题，其中最后一个问题是："我可否在更重要的职位从事更重要的工作？"杜兰特对前几个问题没有回答，只就最后一个问题做了批示："现在任命你负责监督新厂机器的安装工作，但不保证升迁或加薪。"杜兰特将施工的图纸交到道恩斯的手里，要求道："你要依图施工，看你做得如何。"

道恩斯从未接受过任何这方面的训练，但他明白，这是个绝好的机会，不能轻易放弃。道恩斯没有慌乱，他认真钻研图纸，又找到相关人员，做了缜密的分析和研究，很快他就弄明白了这项工作，终于提前一个星期完成了公司交给他的任务。

当道恩斯去向杜兰特汇报工作时，他突然发现紧傍杜兰特办公室的另一间办公室的门上方写着：卡罗·道恩斯经理。

杜兰特告诉他，他已经是公司的总经理了，而且年薪在原来的后面添个零。"给你那些图纸时，我知道你看不懂。但是我要看你如何处理。结果我发现，你是个领导人才。你敢于直接向我要求更高的薪水和职位，这是很不容易的。我尤其欣赏你这一点，因为机会总是垂青于那些主动出击的人。"杜兰特对卡罗·道恩斯说。

平庸的人只会等机遇来敲门，智慧的人则敢于坚定地叩响机遇之门。在现实生活中，我们太想在谦虚谨慎的等待中被伯乐发现，而不愿毛遂自荐走出一片崭新的天地，有时尽管才华横溢，也只能在无谓的等待中消耗殆尽。很多时候，人的失败实际上就是观念的失败，人的悲剧本质上常常是不能超越自我的悲剧。

心灵 寄语

人们往往期待幸福来敲自己的门，却不知出门寻找属于自己的幸福。积极的态度，乐观的精神，坚定的信念，都是成就自己所必需的，不要在等待中让机会在不经意间溜走。

制止报复的最好良方

冷 薇

在欧洲医学界，居尔斯特兰德的名字可谓大名鼎鼎。居尔斯特兰德不仅是一位极高明的眼科医生，而且是对眼睛进行深入研究、揭开眼睛生理光学秘密的专家。1911年授予他诺贝尔医学奖时，是由物理学权威们参加审议的，这也是诺贝尔奖颁发中的一件趣事。

居尔斯特兰德是他父亲文诺·居尔斯特兰德的第三个儿子。老文诺也是一位眼科医生，而且很有名气，他家在瑞典的朗茨克鲁纳，这里最有钱的富豪是玛尔盖勋爵。朗茨克鲁纳海滨的面粉厂、化工厂、造船厂等，都是玛尔盖的财富。

玛尔盖曾在贫民区创建了一所医院。贫民区原来有个小诊所，就是老文诺的眼科诊所。不但瑞典国内的患者，连北欧其他国家的患者也常慕名而来找文诺就医，可见名气之大。可玛尔盖并不高兴，因为这样一来玛尔盖医院的名气就不大了。更何况老文诺以医济世，不求致富。有人建议请文诺来玛尔盖医院主持眼科，玛尔盖以文诺没有文凭而拒之门外，这使得老文诺气愤至极。

后来，玛尔盖发慈悲让文诺的三儿子居尔斯特兰德去医院当见习医生。居尔斯特兰德憋着一口气，想一定要干出个样子来，以报复玛尔盖，给父亲出出气。

果然，居尔斯特兰德18岁时，以优异的成绩考入医院；5年毕业后回到父亲的小诊所，他接替了父亲和玛尔盖医院比着干起来。就在这所小诊所里，居尔斯特兰德28岁时获得博士学位，他的博士论文轰动了瑞典首都斯德哥尔摩，30岁时他被任命为斯德哥尔摩眼科诊所所长。这样一来，玛尔盖开始后悔当初不应该把事情做得太绝，坏了两家的关系。

偏偏这时，玛尔盖家的四小姐芬妮得了严重的眼病，他家医院里的眼科医生都束手无策，眼睁睁看着她一天天走向黑暗。玛尔盖不惜重金，把北欧各国著名的眼科专家都请来了，然而谁也没有办法。两块黑色的云翳盖在四小姐芬妮的瞳孔上，一动手术就可能失明，不动手术等于有眼无珠，玛尔盖绝望了。最后还是芬妮自己提出：去请居尔斯特兰德。

居尔斯特兰德来了，他好像已经忘记了玛尔盖歧视、冷遇他父亲的前嫌。与对所有的病人一样，他为芬妮做手术，结果成功了！重见光明的芬妮爱上了居尔斯特兰德，要将自己的终身许给他，以报答他的恩情。但是，居尔斯特兰德谢绝了。他既没有因前嫌对芬妮坐视不理，也没有因治疗的成功而接受她的爱情，他离开家乡到乌普萨拉大学就任眼科教授去了。

心灵 寄语

宽容和忍让是制止报复的良方，我们经常带上这个"护身符"，可保我们一生平安。因为善于宽容和忍让的人，不会被世上不平之事所摆弄，即使受了他人的伤害，也决不冤冤相报，宽容忍让会时时提醒我们："邪恶到我为止。"

常立志不如立长志

慕菡

有个叫布罗迪的英国教师，在整理阁楼上的旧物时，发现了一叠练习册，它们是他教幼儿园时31位孩子的作文，题目是："未来我是……"

他本以为这些东西在德军空袭伦敦时被炸飞了，没想到它们竟安然躺在自己的家里，并且一躺就是五十多年。

布罗迪顺便翻了几本，很快被孩子们千奇百怪的自我设计迷住了。比如：有个叫彼得的小家伙说，未来他是海军大臣，因为有一次他在海中游泳，喝了三升海水都没有被淹死；还有一个说，自己将来必定是法国总统，因为他能背出25个法国城市的名字，而同班的其他同学最多能背出7个；最让人称奇的是一个叫戴维的小盲童，他认为将来他必定是英国的一个内阁大臣，因为在英国还没有一个盲人进入过内阁。总之，31个孩子都在作文中描绘了自己的未来，五花八门。

布罗迪读着这些作文，突然有一种冲动——何不把这些本子重新发到同学们手中，让他们看看现在自己是否实现了50年前的梦想！

一家报纸得知了他的想法，为他发了一则启事。没几天，书信飞来。他们中间有商人、学者及政府官员，更多的是没有身份的人，他们都表示很想知道儿时的梦想，并且很想得到那本作文簿。布罗迪按地址一一给他们寄去。

一年后，布罗迪身边仅剩下一个作文本没人要。他想：这个叫戴维的人也许死了，毕竟50年了，什么事情都可能发生。

就在布罗迪准备把本子送给一家收藏馆时，他收到内阁教育大臣布伦克特的一封信。他在信中说：

"那个叫戴维的孩子就是我，感谢您为我们保存着儿时的梦想。不过我已经不需要那个本子了，因为从那时起，我的梦想就一直在脑子里，没有一天放弃过；50年过去了，我已经实现了那个梦想。今天，我还想通过这封信告诉其他30位同学，只要不让年轻时的梦想随岁月飘逝，成功总有一天会出现在你面前。"

布伦克特的这封信发表在《太阳报》上，因为他作为英国的第一位盲人大臣，用自己的行动证明了一个真理：假如谁能把3岁时想当总统的愿望保持50年，那么他现在一定已经是总统了。

愿望也是目标。俗话说，常立志不如立长志，我们不怕在实现目标的过程中遇到艰难险阻，也不怕犯这样那样的错误，而怕没有持续地朝着一个目标努力，因为后者的执著和坚定会让你实现任何理想，达成任何目标！

心灵 寄语

坚定的信念是每个成功者所必需的品质，它的意义在于你对自己的志向有执著的态度。那些意志薄弱的人往往在还未触及成功的门径时，就已被艰难险阻所击退，于是只能一次次重新建立自己的目标。

自己的立场

王新龙

自己都不尊重自己，任何人也不会尊重你。

世界著名交响乐指挥家小泽征尔在一次欧洲指挥大赛的决赛中，按照评委会给他的乐谱在指挥演奏时，发现有不和谐的地方。他认为是乐队演奏错了，就停下来重新演奏，但仍不如意。这时，在场的作曲家和评委会的权威人士都郑重地说明乐谱没有问题，而是小泽征尔的错觉。面对着一批音乐大师和权威人士，他思考再三，突然大吼一声："不，一定是乐谱错了！"话音刚落，评判台上立刻报以热烈的掌声。

原来，这是评委们精心设计的圈套，以此来检验指挥家们在发现乐谱错误并遭到权威人士"否定"的情况下，能否坚持自己的正确判断。前两位参赛者虽然也发现了问题，但终因趋同权威而遭淘汰。小泽征尔则不然，因此，他在这次世界音乐指挥家大赛中摘取了桂冠。

没有智慧不行，没有勇气也不行。谁也不敢说有智慧的人一定有勇气，但缺少智慧的人，大约也没有勇气，或者其勇气亦是不足取的。

怎样是有勇气？不为外界威力所慑，视任何强大势力若无物，担负任何艰巨工作而无所怯。譬如：军阀问题，有的人基于义愤要打倒它；但同时更有许多人看成是无可奈何的局面，只有迁就它，只有随顺而利用他，自觉我们无拳无勇的人，对它有什么办法呢？此即没有勇气。没勇气的人，容易看重既成的局面，往往把既成的局面看成是不可改的。说到这里，我们不得不佩服孙中山先生，他真是一个有大勇的人。然而没有智慧，则此想亦不能发生。他何以不为强大无比的清朝所慑服呢？他并非不知其强大，但同时他知此原非定局，而是可以变的。他何以不自看渺小？他晓得是可以增长起来的。这便是他的智慧。有此观察理解，则其勇气更大。而正惟其有勇气，心思乃益活泼敏妙。智也，勇也，都不外其生命之伟大高强处，原是一回事而非二。反之，一般人气慑，则思呆也。

没有勇气不行。无论什么事，你总要看它是可能的，不是不可能的。无论任何艰难巨大的工程，你总要"气吞事"，而不要被事慑着你。

心灵 寄语

在权威面前，一旦养成卑躬屈膝的精神习惯，不但自己只能生活在人家的影子中，而且人家也未必瞧得上你。自己都不尊重自己，任何人也不会尊重你。

心动是成功的起点

雨 蝶

到处都有达到自己的人生目标，一跃成为成功人士的平凡人。成功的人有各自成功的道路，但是相同的一点是，他们都有一个值得自己去追求的目标，而这个目标就来源于成功者心动的想法。心动的想法让他产生了对某个事物的兴趣和向往，进而通过自己的努力去实现这个想法。

他们并非天生异类，而是跟大家一样都是平凡人，但他们达到了他们的人生目标！

把自己熟悉的目标书面化，用这种方式来澄清自己的思绪，并赋予自己的目标一个形式及主旨。

选定心动的目标，选定既定的目标，这就是成功的起点，牢牢把握这个起点，不断奋斗，成功永远属于心中有远大目标的人。

心灵 寄语

当你对一件事、一个人，或是一个目标产生兴趣，实现你所想的便成了你的动力。把握这种感觉，因为这一瞬间的好感也许就是迈向成功的起点。

化敌为友

李光辉

唐朝在安史之乱后，国力由盛而衰，周边国家渐起异心。公元764年，在唐朝叛将仆固怀恩的煽动下，回纥和吐蕃两国联合出兵进犯中原。边陲频频告急，唐政府慌了手脚，急忙派大将郭子仪率领精兵1万多人，日夜兼程赶赴前线，进驻泾阳城（今陕西省泾阳县）。漫山遍野足有30万人马，一拥而上，包围了泾阳。

面对如此严峻的局势，郭子仪苦思着退敌的计策。

事也凑巧，叛将仆固怀恩病死了，回纥和吐蕃失去了联系的纽带，双方首领谁也不服谁，不得不分家。吐蕃军驻在东门外，回纥军扎营于西门，各自为战，互不干涉。

郭子仪在平定安史之乱时，曾经得到回纥兵的支持，和许多回纥将领结下了深厚的友谊。他想：为何不借这种"战友"之谊去分化敌军，反客为主呢？

他立即派大将李光瓒单枪匹马去求见回纥将领。李光瓒见到了回纥都督药葛罗，向他陈述了利害关系，并转达了郭子仪的问候。药葛罗和他的将领则表示：只有郭令公亲自现身，他们才能相信，否则一切免谈。

李光瓒回到城里，向郭子仪报告了见到的一切。许多将领都认为回纥人心怀不轨，不可轻易相信。但郭子仪意志很坚决，他分析当前的形势，认为敌方的兵力几十倍于我，如果硬打死拼，只能是鱼死网破，只有说服回纥将领，和平解决战争，才是上策。

郭子仪只带了少数几名随从，策马扬鞭，箭一般地驰向回纥大营。

"郭令公真的来了！"回纥将领齐声欢呼，纷纷下马，簇拥郭子仪走进中军大帐。老友重逢，分外伤感，大家都沉湎于过去一同浴血奋战的旧情之中。郭子仪乘机劝说："唐、回人民历来相好，大唐对贵国决无二心。而仆固怀恩这个连爹娘都不顾的浑蛋，只想用你们的力量来达到自己的企图。吐蕃人也不安好心，他们怂恿我们自相残杀，希望我们同归于尽，他们即可坐收渔翁之利。这是一条一箭双雕的毒计，你们切切不可上当！"

一席话，说得药葛罗无地自容。他愤然表示：决不再受吐蕃人的欺骗了！他愿意终生追随大唐，弥补自己的过失。于是双方化干戈为玉帛。郭子仪和药葛罗两人饮酒对天盟誓：唐、回两国骨连肉、肉连骨，任凭海枯石烂，两情永不分离。

吐蕃将领听到郭子仪和回纥结盟的消息，大吃一惊，连夜收拾辎重，拔寨向西南方奔逃。郭子仪与药葛罗合力追击，把吐蕃杀得大败，夺得牲口武器无数。

唐朝西边的外患终于平息了，边疆的老百姓又过上了安居乐业的生活。

心灵 寄语

俗话说：没有永远的朋友，也没有永远的敌人。关键在于我们能否从容地处理人与人之间的关系。只要看到事情的本质，找到共同的利益点就能够化敌为友。

快乐活在当下

雁丹

一位名叫塞尔玛的妇女陪伴丈夫驻扎在一个沙漠的陆军基地里，丈夫奉命到沙漠里去演习，她一个人留在陆军的小铁皮房子里。天气热得受不了——在仙人掌的阴影下也有五十多度。她没有人可以谈天——身边只有墨西哥人和印第安人，而他们不会说英语。她非常难过，于是就写信给父母，说要丢开一切回家去。不久，她收到了父亲的回信，信中只有短短的两行字："两个人从牢房的铁窗望出去，一个看到了泥土，一个却看到了星星。"读了父亲的来信，塞尔玛觉得非常惭愧，她决定要在沙漠中找到星星。塞尔玛开始和当地人交朋友，她对他们的纺织、陶器很有兴趣，他们就把自己最喜欢的纺织品和陶器送给她。塞尔玛研究那些引人入迷的仙人掌和各种沙漠植物，观看沙漠日落，还研究海螺壳，这些海螺壳是几万年前当沙漠还是海洋时留下来的……原来难以忍受的环境变成了令人兴奋、流连忘返的奇景。塞尔玛为自己的发现兴奋不已，并就此写了一本书，以《快乐的城堡》为书名出版了。是什么使塞尔玛的内心发生了这么大的改变呢？沙漠没有改变，印第安人也没有改变，改变的只是她的心态。一念之差，使她把原先认为恶劣的情况变为一生中最快乐、最有意义的冒险，塞尔玛终于找到了属于自己的星星。

快乐与痛苦原来是一对孪生兄弟，不同的只是在于你的选择。就好像夏天和冬天一样，如果你选择夏天，认为夏天会给你带来快乐，然而冬天定会来临，它并不会给你带来不幸和痛苦，只是因为你选择了夏天而拒绝冬天，所以才会有不幸和痛苦的产生。其实，不管是夏天或冬天，对你来讲都没有关系，不同的只是你的感受。唯有当你不执著于其中之一时，你才能够享受两者，快乐永存。

世间许多事情本身并无所谓好坏，全在于当事人怎么看。当我们面对一件事情时，学会如何保持乐观豁达的心境而避免自寻烦恼就显得十分重要。19世纪德国哲学家叔本华说："人们不受事物影响，却受到对事物看法的影响。"实乃至理名言。生活是一种伟大的艺术，只要你学会生活，学会选择，别让世俗的尘埃蒙蔽了双眼，别让太多的功利给心灵套上沉重的枷锁，你就会发现快乐星星点点般密布在我们身边的每一个角落，几乎随手可得。

心灵 寄语

一切烦恼皆源于你以什么样的心态面对它。如果你选择以乐观的心态面对烦恼，那么快乐就会时刻与你同在；如果你选择以悲观的心态面对烦恼，那么你就会时刻被烦恼所纠缠。也就是说，快乐与否，全在于你自己的选择。

走出死胡同

佚 名

转移"痛点"，自得其乐。不知哪位智人说过，在生活和工作中不是任何付出都会有回报的。确实如此，有时生活存在明显不公平，不光你自己觉得不公，连周围的民意也认为不公。这时候，千万不可激动，更不能一时冲动，干出无法收拾的傻事来。比如评级涨薪，凭你的贡献，凭民意测验结果，这次的美事就理所当然属于你。但因为只有一个名额，有关方面出于平衡关系或其他考虑，就把美事给了另一个人。在这种情况下，千万要想开，不能耿耿于怀，忧心忡忡，也不能失去理智。即使从养生之道出发也不必肝火太盛。潇洒地想，一次涨薪不就几块钱吗，不能为几块钱闹意气，叫人看低了自己的人格，看小了自己的风度。而要自宽自己的心，自己找乐，转移"痛点"。有一个小笑话，说有一个老太太，晴天也哭，雨天也忧。因为她有两个女儿，大女儿卖雨伞，二女儿卖冰棍。老太太晴天怕大女儿赚不到钱，雨天怕二女儿赚不到钱。有位智者开导她说，你老人家大可不必天天忧心，晴天的时候你就为二女儿高兴，今天冰棍一定好卖；雨天的时候你就为大女儿高兴，今天雨伞一定卖得好。这样一来，你就变天天哭为天天乐了。老太太一想果真有道理，怎么我从前就没想到这个理儿！忧和喜是事物给你带来的两种心情，只要你不钻牛角尖，懂得"痛点"转移，想问题善于从两面或多个角度去思考，哲理就在你身边，大可不必忧心忡忡，更不用像老太太先前那样哭天抹泪。

心灵 寄语

　　任何事情都具有两面性，有坏的一面就有好的一面。只要抱着积极乐观的态度去看待事物，就总能发现事情好的一方面，也就总能体验到生活的乐趣。

凡事要往好处想

忆 莲

　　曾在商店中见到一尊佛像，但这尊佛像与其他的佛像不同：他光着大肚皮坐卧于地，咧嘴露牙地捧腹大笑，看起来特别具有亲和力及喜悦感。他便是"大肚能容，了却人间多少事；满腔欢喜，笑开天下古今愁"的弥勒佛。

　　弥勒佛之所以拥有令人敬服的特质，就在于他的"豁达大度"。一件事有许多角度，如有好的一面，亦有坏的一面，有乐观的一面，亦有悲观的一面。就好比一个碗缺了个角，乍看之下，好似不能再用；若肯转个角度来看，你将发现，那个碗的其他地方都是好的，还是可以用的。若凡事皆能往好的、乐观的方向看，必将会希望无穷；反之，一味往坏的、悲观的方向看，定觉兴致索然。有一位朋友的外甥女只有3岁，晚餐时，每每执着汤匙要"自己来"，但次次皆被母亲夺走，而母亲通常的回答是："你还不会。"当我下次再造访她们家时，外甥女竟改口道："你帮我。"由此可见，孩子的热情被一而再、再而三地浇灭后，便容易产生依赖性。久而久之，将变成一个怕做错事而受嘲骂、缺乏自信的人，等到将来长大，自然会畏畏缩缩，没有勇气尝试突破困境。

　　凡事往好的方面想，自然会心胸宽大，也较能容纳别人的意见。宽大的心胸，不但可以使人从别的角度去看事情，更能使自己过着自得的日子。有一回，释尊的一位大弟子被一位婆罗门侮辱，但他对婆罗门的辱骂只是充耳不闻，未予理会。因为他知道，一个会以辱骂别人来凸显自己的人，在个人的修养和品行上都有问题。婆罗门见到他无端被自己辱骂，不但没有生气，且微笑地答辩，真不愧是圣者，终于自知理亏忿忿地离开了。这便是豁达，即佛家所谓的圆融。

　　豁达一些，也要大度一些。就拿鞋子来说吧，我们买鞋子都知道要多预留一点空间，否则穿久了，脚会因和鞋子摩擦得太厉害而起水泡，甚至磨破皮，以致痛苦难忍。又如赴约，应提早五分钟或十分钟到场，也一定比剩一分钟赶到的心情轻松多了。古话说得好"宰相肚里能撑船"，英国首相丘吉尔就是最好的例证，他对于化解愤怒的方法更是幽默。有一次，演说前有一位不赞同他的人，递了张纸条给他，上写着"笨蛋"二字。丘吉尔看了之后，并没有生气或不悦，只是拿着那张纸条幽默地说："我常常接到许多忘了签名的信，今天我第一次接到没有内容，却有签名的信，难道这是他的签名吗？"随后将纸条展示给在座诸位观看，引得哄堂大笑。愤怒是不好的情绪，但大多数的凡夫俗子往往控制不住它，只有少数有智慧、有肚量的人才能适时疏导这种不好的情绪。

　　我们都有过这种经验，就是盛怒之后，再反省便会发现："我当时也可以不必那么愤怒的，其实事情也不是那么严重，不知道他（受气者）现在的感受如何？"但当再遇到那种使人愤怒的情景时，往往又会按捺不住怒火。于是，我们必须透过日常生活不断地磨炼自己，使自己也拥有化解、疏导愤怒的智慧和能力。由于我们不是顿悟的圣者，便只有靠着"时时勤拂拭，勿使惹尘埃"的功夫，使自己臻于能忍辱、能容人的境界。是的，希望我们都能在生命之河的洗礼中，慢慢磨去我们不知足的坏习性，使我们也能迈向圆融的人生。

　　我们应该效法弥勒佛笑口常开的个性，并学习他用积

极开朗的态度去解决一切问题。在这充满争斗的繁华世界之中，唯有以最自然无争的态度，并处处流露服务他人的意念，才能散发人性至真、至善、至美的光明面。

西谚有云："当你笑时，全世界都跟着你笑；当你哭泣时，只有你一人哭泣。"

日本有句谚语说得好："笑门福来。"

心灵 寄语

快乐是一种心境，它常常释放着清新的空气。如果让它在心中生根发芽，它会让你享受美好的生活；快乐是一种心绪，它常常弹奏着美妙的旋律，你如果邀她在心间长住，它会让你生活得充实。

快乐即成功

晓 雪

20世纪初，一位少年梦想成为帕格尼尼那样的小提琴演奏家，他一有空闲就练琴，练得心醉神痴，走火入魔，却进步甚微。连父母都觉得这可怜的孩子拉得实在太蹩脚了，完全没有音乐天赋，但又怕讲出真话会伤害少年的自尊心。

有一天，少年去请教一位老琴师，老琴师说："孩子，你先拉一支曲子给我听听。"

少年拉了帕格尼尼24首练习曲中的第三支，简直破绽百出，不忍卒听。

一曲终了，老琴师问少年："你为什么特别喜欢拉小提琴？"

少年说："我想成功，我想成为帕格尼尼那样伟大的小提琴演奏家。"

老琴师又问道："你快乐吗？"

少年回答："我非常快乐。"

老琴师把少年带到自家的花园里，对他说："孩子，你非常快乐，这说明你已经成功了，又何必非要成为帕格尼尼那样伟大的小提琴演奏家不可？在我看来，快乐本身就是成功。"

少年听了老琴师的话，深受触动，他终于明白过来，快乐是世间成本最低、风险也最低的成功，却能给人真实的受用。倘若舍此而别求，就很可能会陷入失望、怅惘和郁闷的沼泽之中。少年心头的那团狂热之火从此冷静下来，他仍然常拉小提琴，但不再受困于帕格尼尼的梦想。这位少年是谁？阿尔伯特·爱因斯坦，他一生仍然喜欢小提琴，拉得十分蹩脚，却能自得其乐。

心灵 寄语

　　快乐即成功，这是充满阳光的人生哲学。在现实生活中，我们不难见到这样一类人，他们脸色红润，身体健康，笑口常开，心情愉快，他们活出了人之为人的全部趣味；在事业上却没有太大的建树，与名利双收、功成名就不怎么沾边，但他的人生也是成功的。

锁定你的目标

诗 槐

　　我们很多人在日常生活中，喜欢幻想，喜欢憧憬，喜欢描绘。但这一切如果仅仅停留在心动的层次上，那结果会告诉你，没有希望了，到头来仍是两手空空，一无所有。只有锁定你的目标，并付诸行动，方能逐渐实现一个个小目标，一个个具体的目标。

　　一场雪后，一位父亲指着远方的一棵树对儿子说："我们一起向着那棵树的位置走，看谁的脚印走得更直。"儿子心想：这很简单，只要脚跟并脚尖一步步走，我赢定了。结果出来了，父亲的脚印笔直的一串，像是用机器压制出来的一样整整齐齐，而儿子的脚印却歪歪扭扭不成样子。儿子问父亲原因，父亲平静地回答：

　　"我在走的时候并没看脚下，而是锁定了那棵树的位置，眼睛一直盯着那棵树，这样就很容易地走成了一条直线。"

　　你可以一辈子不登山，但你心中一定要有一座山，它可以使你有奋斗的方向，让你有人生的目标。它使你总往高处爬，使你在任何时候都不会迷失方向，任何时间抬起头，看见山尖，就能看到自己的希望。

有人问微软总裁比尔·盖茨成功的秘诀，他回答道：

"选定一件事就咬住不放。世界上成功的人，不是那些脑筋好的人，而是对一个目标咬住不放的人，我想我们应该只做软件。"

比尔·盖茨的话中谈到了两件事，其一是选定一个目标，其二是咬住不放。将放大镜在阳光下聚焦，并把焦点固定在纸的一点上，很快就能将纸点燃，如果不停地移动焦点，那你永远也别想看到火焰。只有将目标准确定位，才能集中精力，实现理想。

世间最容易的事是坚持，最难的事也是坚持。说它容易，因为只要愿意做，人人都能做到；说它难，因为真正能够做到的，终究只是少数人。成功在于坚持，坚持到底就是胜利。任何成绩的取得、事业的成功，都缘于人们不懈的努力和执著的探索追求；浅尝辄止，一曝十寒，朝三暮四，心猿意马，只能望着成功的彼岸慨叹，只能两手空空毫无收获。胜者的生存方式就在于，能够坚持把一件事做下去，积跬步以成千里，汇小流以成江河。

爱迪生说过，全世界的失败，有百分之七十五只要继续下去，原本都可成功；成功最大的阻碍就是放弃。如果目标总是游移不定，那你将一无所获。一个成功的猎人一天可能会打下100只鹌鹑，但他每次肯定只是瞄准一只，而不是向一群鹌鹑开枪。所以，时间越近，目标应当越集中、越具体、越专一，三心二意永远成不了气候。目前许多刚从学校毕业的年轻人，虽然踌躇满志，也算勤奋努力，但稍遇挫折就主动放弃，结果只能是失败。

所以，不论就业或创业，在选定一个目标之后，万万不可受到点挫折就故步自封，甚至干脆放弃，必须愈挫愈勇，咬住不放，才有可能成功。

心灵 寄语

如果你想要成功，那么做之前就一定要有目标和计划，之后不论遇到怎样的挫折和困难都要锁定你的目标，一步步地实现，一点点地累计，终会达到幸福的终点。

树立远大的目标

对成功的不懈追求，成就了现在全世界最知名的速食集团。而这之前都取决于他远大的目标和希望，沿着这个目标一路走下去最后一定会到达成功的彼岸。

树立远大的目标

秋 旋

诚然，一个人成功的关键是他自身的实力加上积极的行动。但是，一个远大的、切实可行的发展目标也起着十分重要的作用。

世界闻名的麦当劳公司的董事长雷蒙·A·克罗克，年轻时家境不好，高中没有毕业就退学了。1954年，克罗克当时是一家规模极小的机器和纸杯制造公司的经理。由于业务上的关系，他认识了美国许多城市的快餐店老板，并和他们有业务上的来往。正是这种关系给了克罗克发展的机遇。

1928年，有一对叫麦当劳的兄弟从美国东海岸来到了加利福尼亚，开设了一个小电影院，同时兼营着一个小食店，专卖汉堡包。说来也怪，汉堡包的生意比电影院的生意还好，而且好得出奇。这种每个售价15美分的汉堡包，看起来很不起眼，但麦当劳兄弟年营业额竟达25万美元。于是，兄弟俩便干脆专营汉堡包，并成立了麦当劳公司。

就在这时，克罗克认准了经营汉堡包定会有很大的发展前途，他决定要将汉堡包的生意做大。1954年，克罗克买下了麦当劳公司的一个销售店的专利，这是他第一次插手麦当劳公司的生意。由于汉堡包连带出售炸薯条，很受城市居民尤其是年轻人的喜欢，生意非常兴隆。克罗克进而购买了这两种食品的专利权。他采用了麦当劳兄弟"专利权销售"方式，几年之间汉堡包店增加到几百家，仅仅1960年就赚了5000多万美元。到1982年，克罗克拥有了麦当劳公司的股票价值近3亿美元。如今，麦当劳公司在全世界共有几万家分店，仅在美国本土就有6000家。如今，在中国城市的大街上，我们也时常可以看到这个金色拱形"M"字招牌的快餐企业王国。据估计，每天约有2亿个汉堡包被送进人们的肚子里。

从麦当劳公司董事长克罗克的发展史我们不难看出，一个成功人物之所以成功，首先是他有远大的目标。不管最初他的境况多么糟糕，只要他的目标足够远大，又切实可行，那他一定会成为成功人士。

心灵 寄语

对成功的不懈追求，成就了现在全世界最知名的速食集团。而这之前都取决于他远大的目标和希望，沿着这个目标一路走下去，最后一定会到达成功的彼岸。

不懈追求，永不放弃

采青

有人说，执着和痴情是创造奇迹的一斧一凿，有了这两样东西，世上就没有什么不可能的事；也有人说，锲而不舍是成功的第一要素，只要门敲得够响够久，总会有人被你唤醒。

炎热的夏季，雄蝉常常伏在树干上，不停地振动鼓膜，发出嘹亮的鸣叫声，为的是引雌蝉来与它交尾，它急切的鸣叫，似乎释放着自己重见天日的快乐。

因为，它们要在地底下潜伏很长时间，少则1年，多则17年，才能钻出泥土，从蝉蜕里挣脱出来。雄蝉的腹下有一对"膜"，可以振动发出尖锐的声音，吸引雌蝉。

雌蝉在交配后爬上桑、柳等树的树枝上，用有锯齿的产卵器刺入这些嫩枝的皮层内，随即将卵产在里面，一边爬、一边不停地刺，一直到将卵产完为止。

这时，产完卵的雌蝉已精疲力竭，不久就会死去。卵就依靠太阳的温暖进行发育和孵化，当幼虫孵出以后，遗留下来的一层薄而脆的外皮会形成一条细丝，常将幼虫倒挂在半空中。

不久，幼虫降落到地面上，又钻入树根周围的泥土中去，继续发育和成长。再经过两三年，或者更长时间，幼虫经历了6次的蜕皮，才会变成"拟蛹"的形式出土，它们出土之后又一次自己爬上树干，经过最后一次蜕皮以后，才变为真正的成虫。

再然后，又产卵，卵又孵化，成小虫，落在地上，钻进土里，靠树根的养分过活，开始漫长的等待，有的1年，有的2年，最长的达17年。

天哪！它们等上17年，真正能飞、能鸣的日子，居然不过1个月！莫焦躁，莫惊慌，莫灰心，沉着冷静，夺取最后的胜利。人应当百折不挠。

7天嘹亮的歌声，来自17年沉潜酝酿，生命像一粒种子，只有今生才能耕种，把握今生今世！持之以恒，永不放弃是所有成大业者的共同个性特征。他们不管遇到多少艰难险阻，不管遇到多少诅咒反对，总是会矢志不渝地坚持下去。

辛苦的工作不会使他们烦恼，恶劣的处境不会使他们气馁，反复的探索不会使他们厌倦，迷人的诱惑不会使他们动摇，无情的打击不会使他们改变。"不懈追求，永不放弃"已经成了他们生命中的一部分，只要生命不息，他们就会奋斗不止。

心灵 寄语

生命只有一次，宛如夏花般绚烂短暂，为了美丽的绽放需要深埋泥土中沉积和酝酿。当我们确定要为了一个目标努力，不管需要多少时间，付出多少努力，与最后成功的那一刻相比也都是值得的。

每个人都是百万富翁

秋 旋

有一个穷人，因为没有钱，感到自己一无所有，就整天闷闷不乐。

一位哲人开导他说："其实你不是一个穷光蛋，你是一个百万富翁。"这个穷人很不理解，就问这位哲人："我现在一无所有，怎么是百万富翁呢？"这个哲人就问他："我现在给你1000元钱把你的手指砍下一个，你干不干？"这个穷人回答说："不干。""我给你1万元砍下你的一只手，你干不干？"这个穷人还说："不干。""那我给你50万甚至100万砍下你的头，你干不干？"这个穷人依然说："不干！"这位哲人就说："光你身体就不止100万，你就不止是一个百万富翁了，为什么还说你一无所有呢？"这个穷人听后茅塞顿开，以后再也没有忧虑了。

从哲学的意义上讲，世界上的价值大致可以分为两类：一类就是因为他的存在让别人感到他的价值，比如说一些产品、商品、科技发明以及金钱、地位都归于这一类。这一类东西，起到让你过得更好的作用。另一类是你丧失它之后，就感到了它的价值，比如说空气、自由、健康、时间、青春等，这一类价值体现的是你生存的必要条件。这两类价值相比，因为其存在而显示其价值的东西一般是从无到有的，由于来之不易且不能人人均等，你会备加珍惜，比如说地位、金钱等。但那些因失去才显示它的价值的东西一般是从有到无的，这种价值，由于它是自然存在和普遍拥有，很容易让人忽视。

但与生俱来、从有到无的这种价值对人来讲更重要。有的人在拼命地获取和享受从无到有的价值的时候，忘了更重要的从有到无的价值，只有当他已经失去后一类价值的时候，才知道它的可贵，但已悔之晚矣。牺牲后一类价值去追求前一类价值，他所付出的代价更大。

"老之将至，才觉得时光的可贵；病卧在床，才知道健康最重要；进了牢房，才知道自由是无价的。"

因为其存在而显示其价值的东西，固然值得人们追求。但因为失去才显示其价值的东西，更值得人们去珍惜、去维护，因为人一旦失去了这一类价值，就连追求另一类价值的基础条件都没有了。

用银行打个比方：与生俱来、从有到无的这一类价值是本金，从无到有的这一类价值其实是利息。有的人为了追求利息把本金都丢掉了，所以真正懂得价值的人应该是先管好本金，然后再合理合法地获得利息。

心灵 寄语

即使是乞丐也有生存的权利，任谁都可以用自己的勤劳创造财富。每个人都会是百万富翁，关键在于你是否去做，选择怎样去做和能否按照计划去做。

适可而止的学问

语梅

任何人不可能一生总是春风得意。人生最风光、最美妙的往往是最短暂的。俗言道："花无百日红，人无千日好。"就像搓牌一样，一个人不能总是得手，一副好牌之后往往就是坏牌的开始。所以，见好就收便是最大的赢家。

佛下山游说佛法，在一家店铺里看到一尊释迦牟尼像，青铜所铸，形体逼真，神态安然，佛大悦。若能带回寺里，开启其佛光，济世供奉，真乃一件幸事，可店铺老板要价5000元，分文不能少，加上见佛如此钟爱它，更加咬定原价不放。

佛回到寺里对众僧谈起此事，众僧很着急，问佛打算以多少钱买下它。佛说："500元足矣。"众僧歃歔不止："那怎么可能？"佛说："天理犹存，当有办法，万丈红尘，芸芸众生，欲壑难填，得不偿失啊！我佛慈悲，普度众生，当让他仅仅赚到这500元！"

"怎样普度他呢？"众僧不解地问。

"让他忏悔。"佛笑答。众僧更不解了。佛说："只管按我的吩咐去做就行了。"

第一个弟子下山去店铺里和老板砍价，弟子咬定4500元，未果回山。

第二天，第二个弟子下山去和老板砍价，咬定4000元不放，亦未果回山。

就这样，直到最后一个弟子在第九天下山时所给的价已经低到了200元。眼见着一个个买主一天天下去，一个比一个价给得低，老板很是着急，每一天他都后悔不如以前一天的价格卖给前一个人了，他深深地怨责自己太贪。到第十天时，他在心里说，今天若再有人来，无论给多少钱我也要立即出手。

第十天，佛亲自下山，说要出500元买下它，老板高兴得不得了——竟然反弹到了500元！当即出手，高兴之余另赠佛龛台一具。佛得到那尊铜像，谢绝了龛台，单掌作揖笑曰："欲望无边，凡事有度，一切适可而止啊！善哉，善哉……"

适可而止，见好便收，是历代智者的忠告，更是一门处世的艺术。

世事如浮云，瞬息万变。不过，世事的变化并非无章可循，而是穷极则返，循环往复。人生变故，犹如环流，事盛则衰，物极必反。生活既然如此，做人处世就应处处讲究恰当的分寸。过犹不及，不及是大错，太过是大恶，恰到好处的是不偏不倚的中和。基于这种认识，中国人在这方面表现出了高超的处世艺术。中国人常说："做人不要做绝，说话不要说尽。"廉颇做人太绝，不得不肉袒负荆，登门向蔺相如谢罪。郑伯说话太尽，无奈何掘地及泉，隧而见母。故俗言道："凡事留一线，日后好见面。"凡事都能留有余地，方可避免走向极端。特别在权衡进退得失的时候，务必注意适可而止，尽量做到见好便收。

心灵 寄语

凡事都要有度，过犹不及。人要学会满足，不要让过于膨胀的欲望充斥你的头脑，冷静的思考怎样才能取得成功。满则溢，穷则返，人生便在这进退之间。

小不忍则乱大谋

沛 南

　　"小不忍则乱大谋"，这句话在民间极为流行，甚至成为一些人用以告诫自己的座右铭。的确，这句话包含有智慧的因素，有志向、有理想的人，不会斤斤计较个人得失，更不应在小事上纠缠不清，而应有广阔的胸襟，远大的抱负。只有如此，才能成就大事，从而达到自己的目标。

　　"小不忍则乱大谋"，很有些阴谋哲学的味道，其核心就是一个"忍"字。所谓"心字头上一把刀，遇事能忍祸自消"。所谓"忍得一时之气，免却百日之忧"。

　　因此，在中国传统的观念里，忍耐也是一种美德。这一观点尽管与现代这种竞争社会不合拍，但是，很多学者已经发现，中国传统文化里有些东西并没有过时；相反，其中的学问博大精深，如果运用于现代人的生活，必将使人们受益匪浅。其中，忍耐就大有学问，忍耐包括很多种。当与人发生矛盾的时候，忍耐可以化干戈为玉帛，这种忍耐无疑是一种大智慧。

　　唐代著名高僧寒山问拾得和尚："今有人侮我，冷笑我，藐视我，毁我伤我，嫌我伤我，嫌我恨我，则奈何？"拾得和尚说："子但忍受之，依他，让他，敬他，避他，苦苦耐他，装聋作哑，漠然置之，冷眼观之，看他如何结局？"这种忍耐里透着的是智慧和勇气。

人生不可能总是风调雨顺，当遇到不如意、不痛快，甚至是灾难时，一个人的忍耐力往往就能发挥出奇制胜的作用。很多时候，因为小地方忍不住，而坏了大事，这是得不偿失的。

三国时，诸葛亮六出祁山攻打司马懿，可司马懿就是不出来应战。诸葛亮用尽了一切手段，极尽所能地侮辱司马懿，但司马懿对诸葛亮的侮辱总是置之不理。总之，司马懿就是不出来与诸葛亮交锋。等到诸葛亮的粮食吃完了，不得不退兵回蜀国，战争就这样结束了。诸葛亮六次出兵祁山，每次都是无功而返。司马懿之所以不战而胜，就是因为一个"忍"字。

与别人发生误会时的忍耐，那只是一时的容忍，比较容易做到。难得的是在漫长的时间里，忍受着各种各样的折磨，而只为完成心中的理想。这种忍耐力是难能可贵的，但也是做人最应该拥有的一种能力。

人，贵在能屈能伸。伸，很容易，但屈就很难了，这需要有非凡的忍耐力才行。只要这个人真正有智慧，有才干，不管他忍耐多久，终究会有出头之日，而且他的忍耐力反而会更加富有魅力和内涵。人生很多时候都需要忍耐，忍耐误解，忍耐寂寞，忍耐贫穷，忍耐失败。持久的忍耐力体现着一个人能屈能伸的胸怀。人生有低谷，也有巅峰。只有那些在低谷中还能坦然处之的人，才是真正有智慧的人。走过低谷，前面就是海阔天空。回过头来，那些在低谷里忍耐的日子，那些在苦难中挣扎的日子，那些在寂寞里执著的日子，都会显得弥足珍贵。

心灵 寄语

每个成功的人，都会有同一种品德——那就是忍耐。面对诱惑或是挑衅，嘲讽或是侮辱，忍耐总可以化解干戈与纠纷。人生中难免有起有落，得意时不自满，失意时不气馁，这就是成功者所谓的智慧和胸怀。

再试一次就能成功

王新龙

有个年轻人去微软公司应聘，而该公司并没有刊登过招聘广告。见总经理疑惑不解，年轻人用不太娴熟的英语解释说，自己是碰巧路过这里，就贸然进来了。

总经理感觉很新鲜，破例让他一试。面试的结果出人意料，年轻人表现糟糕。他对总经理的解释是事先没有准备，总经理以为他不过是找个托词下台阶，就随口应道："等你准备好了再来试吧！"

一周后，年轻人再次走进微软公司的大门，这次他依然没有成功。但比起第一次，他的表现要好得多。

而总经理给他的回答仍然同上次一样："等你准备好了再来试。"

就这样，这个青年先后五次踏进微软公司的大门，最终被公司录用，成为公司的重点培养对象。

与这个年轻人有相同经历的还有一个叫克里弗德的小伙子。

瑞德公司的面试通知，像一缕阳光照亮了克里弗德焦急期待的心。面试那天，克里弗德精心地梳洗打扮了一番，又换了一条新领带，以祝福自己好运。上午10点钟，他走进了瑞德公司人力资源部。等秘书小姐向经理通报后，克里弗德静了静心，提着手提包来到经理办公室门前，轻轻地敲了两下门。

"是克里弗德先生吗？"屋里传出问询声。

"经理先生，你好！我是克里弗德。"克里弗德慢慢地推开门。

"抱歉，克里弗德先生。你能再敲一次门吗？"端坐在沙发转椅上的经理悠闲地注视着克里弗德，表情有些冷淡。

经理先生的话虽令克里弗德有些疑惑，但他并未多想，关上门，重新敲了两下，然后推门走进去。

"不，克里弗德先生，这次没有第一次好，你能再来一次吗？"经理示意他出去重来。

克里弗德重新敲门，又一次踏进房间。

"先生，这样可以吗？"

"这样说话不好。"

克里弗德又一次走进去："我是克里弗德，见到你很高兴，经理先生。"

"请别这样。"经理依然淡淡道，"还得再来一次。"

克里弗德又作了一次尝试："抱歉，打扰你工作了。"

"这回差不多了，如果你能再来一次会更好，你能再试一次吗？"

当克里弗德第十次退出来时，他内心的喜悦和憧憬已消失殆尽，开始有些恼火。心想，进门打招呼哪有这么多讲究？这哪是招聘面试呀，分明是在刁难戏弄人。克里弗德生气地转身离开，可刚走几步又停了下来。不行，我不能就这样逃开，即使瑞德公司不打算录用我，也得听到他们当面对我说。

于是，克里弗德稍稍地舒了一口气，第十一次敲响了门。这次，他得到的不是难堪，而是热烈欢迎的掌声。克里弗德没有想到，第十一次敲门，叩开的竟是一扇成功之门。原来，瑞德公司此次是打算招聘一名市场调查员。而一名优秀的市场调查员，不仅要具备学识素质，更要具备耐心和毅力等心理素质。这十一次敲门和问候，就是考查一个人心理素质的考题。

如果你参观过开罗博物馆，你会看到从图坦·卡蒙法老王墓挖出的宝藏，令人目不暇接。庞大建筑物的第二层楼大部分放的都是灿烂夺目的宝藏：黄金、珍贵的珠宝、饰品、大理石容器、战车、象牙与黄金棺木，巧夺天工的工艺至今仍无人能及。

如果不是霍华德·卡特决定再多挖一天，这些不可思议的宝藏也许仍在地下不见天日。

在多年后的一个冬天，卡特几乎放弃了可以找到年轻法老王坟墓的希望，他的赞助者也即将取消赞助。卡特在自传中写道：

"这将是我们待在山谷中的最后一季，我们已经挖掘了整整六季了，春去秋来，毫无所获。我们一鼓作气工作了好几个月却没有发现什么，只有挖掘者才能体会这种彻底的绝望感；我们几乎已经认定自己被打败了，正准备离开山谷到别的地方去碰碰运气。然而，要不是我们最后垂死的一锤努力，我们永远也不会发现这远超出我们梦想所及的宝藏。"

霍华德·卡特最后垂死的努力成了全世界的头条新闻，他发现了近代唯一的一个完整出土的法老王坟墓。

心灵寄语

人人都在追求成功，我们彼此追逐，但成功的终点在哪儿，却毫不知晓。一路上布满荆棘，当我们满身伤痛决定放弃时，也许成功之门就在我们的下一个转角。

人生如棋，进退有度

慕 菡

人生就是一盘棋，对手就是命运。有的人任由命运时局摆布，如同木偶；而有的人则能进能退，他们是命运的主人。进退自如需有超强的勇气、坚定的信念。只有镇定自若，从长远考虑，得意淡然，失意坦然，才能进退自如，才能下好人生这盘棋。

魏末，爆发了六镇起义。年轻的宇文泰随父参加了鲜于修礼领导的起义。不久，鲜于修礼为葛荣所杀，宇文泰又成为葛荣的部下。后来情况又发生了变化，尔朱荣杀死了葛荣并取而代之。

尔朱荣早就注意到宇文兄弟与众不同，担心智勇双全的宇文兄弟会成为自己的隐患，不久就找了个莫须有的罪名杀害了宇文泰的三哥洛生，并设下圈套想进一步加害宇文泰。面对十分凶险的情况，年轻却有城府的宇文泰不露声色，他将失兄的悲愤藏于心底，面对尔朱荣慨然以对，激昂陈词，不仅打消了尔朱荣担心他造反的疑虑和杀人的念头，而且使尔朱荣对自己敬重有加。

在军阀割据的动乱年代，你死我活的火拼事件层出不穷。一路军的将军被刺杀，使该部出现了群龙无首的局面。这次事件，为宇文泰的崛起提供了一个绝好的机会。

面对突如其来的良机，宇文泰自然大喜过望。不过，一向不露声色的宇文泰并没有马上行动，他还是很慎重地和谋士们权衡了利弊，分析之后认为：对手毫无统军之勇，应该果断地抓住时机接管该部。

对这支部队一直怀着觊觎之心的北魏丞相高欢，在得到该将死讯后也很快派出了侯景前往接管。于是宇文泰与侯景在途中相遇了。宇文泰豪迈而自信地质问侯景："岳公（已死将领）虽然死了，但宇文泰尚在，你想怎么样？"侯景面对宇文泰咄咄逼人的锐气大惊："我只不过是一支箭，身不由己，由人发射而已。"说完就转身离开了。

也就在这一年，北魏孝武帝与丞相矛盾激化，宇文泰趁机率部迎接元修进入长安。进入长安之后，孝武帝以宇文泰有功，任命他为西魏最高统帅总揽朝中政治、军事大权。从此，宇文泰开始了辅佐天子、号令天下的权臣生涯。

宇文泰的成功之处，在于他知道在力不如人的时候韬光养晦、不露声色，而在机遇面前咄咄逼人、毫不退让。棋局中有各种各样的角色，稍稍懂棋之人都知道，任何一个棋子用好了都将威力无穷。重要的不是自己是什么身份或处于什么样的境地，关键在于能否进退有度。

从某种意义上说，把握人生的本质就是学会进退。人的一生就是竞争、调和的过程，学会了进退才能成为人生的棋手。漫漫人生变幻不定，难免令人举棋不定。人生如棋，棋中上演人生的起落沉浮。看一看自己手中还有多少棋子，你已有多少收获？

人生如棋局，进退要有度。懂得了人生如棋局，我们才能纵观大局，知己知彼，落子无悔；懂得了进退有度，才能找到自己的位置，才能进退自如，游刃有余。

心灵 寄语

善避者，知己知彼，能进能退，不挡强者之道，不碍仁者之行，势孤则独守一隅，势强则当仁不让，行如流水得自然。人生如棋局，这是一句老话，但凡老话大都蕴涵着一种真功夫。要在攻拒之间进退有度，所谓进可攻，退可守者也！

在挫折中选择快乐

沛 南

有时候，当我们确实处于恶劣的客观环境中，无力无望改变现实，那如何使自己不沉溺于败局，而保持开朗和拥有力量呢？

请看下面的一个例子：

弗洛伊德认为人的性格在幼年时期就已经定型，而且会影响人的一生，日后改变的可能性微乎其微，林克却否定了他的这种说法。

林克身为犹太裔心理学家，第二次世界大战期间被关进纳粹集中营，遭遇极其悲惨。他的父母、妻子和兄弟均死于纳粹的魔掌下，唯一的亲人仅剩下一个妹妹。他本人更是受到严刑拷打，朝不保夕。

有一天，他赤身独处于囚室之中，忽然之间顿悟，产生了一种全新的感受——日后命名为"人类终极的自由"。当时他只知道这种自由是纳粹德寇永远也无法剥夺的。从客观环境上来看，他完全受制于人，但自我意识却是独立的，超脱于肉体束缚的。他可以自行决定外界的刺激对本身的影响程度。换句话说，在刺激与反应之间，他发现自己还有选择如何反应的自由与能力。

他在脑海里设想各式各样的情况。譬如，获释后将如何站在讲台上，把在这一段痛苦折磨中学得的宝贵教训，传授给自己的学生。凭着想象与记忆，他不断锻炼自己的意志，直到心灵的自由终于超越了纳粹的禁锢。他的这种超越也感染了其他的囚犯，甚至狱卒。他协助狱友在苦难中找到生存的意义，寻回自尊。处在最恶劣的环境中，林克运用难得的自我意识天赋，发掘了人性中最可贵的一面，那就是人有"选择的自由"。这种自由来自人类特有的四种天赋。除了自我意识，我们有"良知"，能明辨是非和善恶；还有"想象力"，能超出现实之外；更有"独立意志"，能够不受外力影响，自行其是。

林克在狱中发现的人性准则，正是我们营造自治自立人生的首要准则——自由择志。自由择志的含义不仅在于采取行动，还代表人必须为自己的行为负责。个人行动取决于人本身，而不是外在环境。理智可以战胜情感，人有能力、也有责任创造有利的外部环境。

当我们对外部自由无能为力时，也不要放弃，要培养自我的心灵自由，将自我引向积极和美好的一面。始终在内心积聚力量，等待时机，最终为自己赢来好的外在环境。

生活总是这个样子，想美好的事情，你就会找到快乐，走向成功；想失意的事情，就会走向失望的深渊，无力面对生活，无力面对失败！

心灵 寄语

许多成功的人都是这样，在迎接他们的辉煌的日子到来之前，首先勇敢地不再犹豫地战胜了自我。真正能打败自己的只有你自己——这是命运面前的强者以切身感受总结出的真理。而战胜了令自己总是瞻前顾后的自我、总是畏缩不前的自我，实质上也就开始了全新的人生。

专注于你的梦想

雅 枫

有两只猎豹一同出去捕食。

它们看见了一头羚羊，于是都追了上去，可是羚羊跑得非常快，两只猎豹追了很久还是没有追上。在这时，其中一只猎豹看见前面出现了一头野牛，于是它决定放弃追羚羊，转而去追野牛，它说："要是能够追上野牛，并咬死它的话，那可是够我们吃上一阵子的了。"另一只猎豹就劝它说："咱们追羚羊已经追了这么久了，羚羊也肯定跑累了。只要咱们再坚持一会儿，一定能追上的，咱们就可以美餐一顿了。"但是那只想追野牛的猎豹不同意，它还是决定去追野牛。于是两只猎豹就分开行事了。

追羚羊的猎豹很快就把羚羊追上，美美地吃了一顿。那只追野牛的猎豹把野牛追上了，可是野牛发怒了，也不甘示弱，向它狠狠地扑来。它根本斗不过野牛，只好甘拜下风，垂头丧气地饿着肚子回来了。追上羚羊的猎豹就对它说："我早就对你说了，野牛虽大，可是凭咱们两个的力量，即使追上了，我们又能把它怎样呢？"

钢铁大王卡耐基曾经提出过这样的忠告："把你所有的蛋放在一个篮子里，

然后看住这个篮子，不要让任何一个蛋掉出来。"他的意思是说，我们不应该因为从事分外事务而分散了我们的精力，而要专注于我们的工作，专注于我们的目标。

雷格莱专心于生产及制造五美分一包的口香糖，结果赚进数百万的利润；史塔勒专心于经营"亲切服务的旅馆"，这使他成为富翁，也使得住进他旅馆的几百万房客满意之至；伊斯特曼致力于生产柯达小照相机，这使他赚进数不清的金钱，也为全球数百万人带来无穷的乐趣；福烈兹曼专心于生产低微的小小酵母饼，结果这种酵母饼行销全球……

如果，这些人都像故事中讲到的那只猎豹，好高骛远，一会儿追求这个，一会儿追求那个，恐怕世界上将会少了许多成功者。

心灵 寄语

无论做什么事情都必须专心，只有全神贯注才能顺利地做好一件事。三心二意，极不专心的人只能一事无成。

顺应自然，当机立断

雪 翠

处理问题的时候，人们总是喜欢全面地去考虑，确保深思熟虑，万无一失。但是有的时候，事情想得太周到了，则会把原本很简单的事情变得复杂化。对于生活，对于事业，我们不妨把问题看得简单一点，给自己多一点空间。

14世纪的逻辑学家、圣方济各会修士——奥卡姆·威廉对于哲学上关于"共性""本质"之类的讨论感到很厌倦，他主张唯名论，只承认确实存在的东西，认为那些空洞无物的普遍性要领都是无用的累赘，应当被无情地"剔除"。他主张"如无必要，勿增实体"，这也就是人们所说的"奥卡姆剃刀原理"。经过数百年的流传发展，这一理论已经不仅仅停留在哲学和逻辑学的范畴之内，而被广泛地应用到了其他科学研究领域。对于现代管理理念、为人处世的人生态度，都有很深远的影响。这个定律要求我们在处理事情时，要把握事情的主要实质，把握主流，解决最根本的问题。尤其要顺应自然，不要把事情人为地复杂化，这样才能把事情处理好。

还记得，1998年长江发生洪灾的时候，报纸上报道了这样一件事：在一个小村庄，一户农民的房子在一场大雨后被洪水冲垮了。就在他的妻子、儿子都快被洪水吞没的时候，这个农民从洪水中救起了他的妻子，而他的孩子却被淹死了。

事后，人们议论纷纷。有的说他做得对，因为孩子可以再生一个，妻子却不能死而复活；有的说他做错了，因为妻子可以另娶一个，孩子却不能死而复活。去采访的记者，也感到疑惑难决：如果只能救活一人，究竟应该救妻子，还是救孩子？就像很多女孩子总喜欢问自己的男朋友，如果她和男孩子的母亲一起掉进河里，男孩子是先救母亲还是先救女朋友呢？一直以来人们对于这个问题的看法各不相同。爱情和亲情，母亲与爱人，似乎真的是一对难解决的矛盾。于是带着种种疑惑，记者拜访了那个农民，想知道面对妻子和孩子的生死存亡他是怎么做出抉择的。当那个农民被问到当时是怎么想的时，他答道："我什么也没想。洪水袭来，妻子就在我身边，我抓住她就往附近的山坡游。当我返回时，孩子已经被洪水冲走了。"

人生中的很多抉择就是这样，很多问题并不像想象中那么复杂，因为现实往往不会给你那么长的时间去思索、去斗争。如果此时你还在思前想后的话，恐怕会失去得更多，倒不如当机立断。

心灵 寄语

遇到任何事情都要乐观对待，保持一颗平常心。要谨记：这一秒不放弃，下一秒有奇迹。人生难免跌倒和等候，要勇敢地抬头，阳光总在风雨后！

破釜沉舟，
一往无前

李华伟

当事情没有退路的时候，反而可能激发出强大的斗志，全力以赴冲出困境。没有退路就像是到了悬崖边，只可以选择一个方向前进；就像一支没有退路的军队，除了全力以赴投入战斗，别无选择。

狭路相逢勇者胜。没有人能够随随便便成功，只有那些充满勇气，付出巨大努力的人才能赢得胜利。但是人的本性中都有趋利避害的成分，面对困难总会有逃避的幻想，这样就会患得患失，最后成了人生的失败者。当我们面对悬崖的时候，逃避和幻想就不再存在，因为环境逼迫你一往无前。

一个乡下老人在山里打柴，捡到了一只模样奇怪的小鸟。老人也不知道这叫什么鸟，那只怪鸟和刚满月的小鸡一样大小，也许是因为它实在太小，它还不会飞。老人把这只鸟带回了家，让它陪孙子玩儿。

顽皮的孙子把怪鸟放在鸡窝里饲养，母鸡竟然没有发现这个异类，成为怪鸟的母亲。怪鸟一天天长大了，有人说它是一只应该翱翔在天空的雄鹰，会吃掉鸡窝里所有的鸡。然而鹰和小鸡们一直相安无事。

但是村子里的人对它还是越来越担心，如果哪家的鸡不见了，总怀疑这只鹰，要知道鹰生来就是会吃小鸡的。于是老人决定把这只鹰放回大自然。然而老人不知道用了多少方法，这只鹰还是没能飞向天空。这只鹰已经忘记了如何飞翔，它习惯了这个从小到大的环境，不知道如何去面对空中的气流，不知道如何控制自己的平衡。

村里的另外一个老人找到养鹰的老农："把鹰交给我，我能让它重返蓝天，永远不再回来。"老人将鹰带到了一个悬崖边，毫不犹豫地将它狠狠地砸向悬崖，如同扔一块石头。那只鹰快速下坠，快要坠到谷底的时候，它闭上眼睛，张开了健硕的翅膀，扑打着自由舒展地飞向蓝天。它越飞越高，渐渐地变成了一个黑点，飞出了老人的视野。鹰这次真的沿着悬崖飞走了，飞回了属于自己的天空。

面对悬崖才能战胜心中的恐惧，义无反顾，面对悬崖，唯有展开自己的翅膀搏击长空才是生路。在我们面对命运的磨难和挫折的时候，就应该断了犹豫后退的想法。这样才能战胜困难，渡过难关。

给自己一片悬崖，就是给自己画了一条出路，这是一条只进不退的出路。一个人想要成功，就得在适当的时候给自己一个悬崖。悬崖一端是死路，别忘记另一端就是宽广而蔚蓝的天空。破釜沉舟就是让自己站在悬崖边上，使我们能爆发出自己都不曾见识的潜能。

心灵 寄语

当"千古一帝"——亚力山大，把所有的战利品都分给他的部下的时候，有人问他给自己留下了什么？亚力山大回答："希望，只有希望！"是的，古往今来，许多成功者，之所以破釜沉舟、一往无前，正缘于此，希望是我们心中不灭的灯。

顺势而为，事半功倍

采 青

《吕氏春秋·重己》中打了个比喻，说：让一伙大力士奋力地拉扯牛尾，则即使把牛尾拉断，把力气用尽，也不能让牛跟着走，这是因为逆势而行的缘故；使一个小孩子牵引着牛鼻环，而牛就会乖乖地跟着他走，这是顺势而为的缘故。

一般来说，这种策略适合使用的对手有四种：一是贪而不知其害者；二是愚而不知其变者；三是急躁而盲动者；四是情骄而轻敌者。

在引诱对手上当之前，经常要先行设置一个陷阱。设置的方法主要有两种：第一种是示之以利，用一些对方希望得到的利益来引诱。第二种是示之以弱。欺软怕硬是人的本性，如果自己佯装弱小，对手就会肆无忌惮地前来，钻入事先布置好的"口袋"。

在对手已经进入打击范围以后，出击既要及时快捷，又要讲究技巧。从不同角度把握打击的明与暗、急与缓、实与虚。究竟采用哪种打击方法，要依当时的客观环境来确定，切忌先行武断、主观臆想。

林肯是美国历史上最伟大的总统之一，在任总统以前，林肯曾当过律师。有一次，他的一个朋友因酒醉后一时冲动，威胁他人的生命而受到指控。由于原告掌握了许多确凿有力的证据，这些证据对林肯的朋友来说都是很不利的。在遭到许多律师的拒绝之后，他找到了老朋友林肯帮他打官司。

法庭开始审理后，林肯问原告："先生，如果您是以一个勇敢者自居的话，您一定不会因威胁而感到害怕吧？"

"先生，我正像任何一个勇敢的人一样，不会因别人的威胁而害怕。"原告一副大义凛然的样子说。

林肯说："那么，要是我的当事人威胁您时，您也不会畏惧吧？"

"当然了，先生。"原告回答道。

"您不怕他吗？"林肯又问道。

"是的，我不怕他。"

于是，林肯向法官提出："既然原告不怕我的当事人威胁，他还指控什么呢？我提议法庭驳回原告诉讼请求。"

在上面的事例中，林肯并没有从正面驳斥原告，而是提出一个小小的问题，使对方陷入一个自认是勇敢者的圈套，随后逐步地提出问题，逐渐得出一个令原告自相矛盾的结论。恐怕，那位以勇敢者自居的家伙一定会为自己的虚荣心而后悔。

关于进与退的问题，《孙膑·善者》中指出："高明的人四路一定要通彻，五动一定要工整。所以前进则对手无法迎击，后退则后路不被阻绝，向左向右则

不陷于阻碍之中。默然而处，动则没有受到对手侵害的祸患，因此使对手四路一定穷困，五动一定忧虑。"

顺势而为，自然省力；逆势而为，自然费力。在对局中要讲究"天时、地形、人事"，但是就如同阴阳一样，顺逆也是同时存在的。"天时"的因素是无法改变的；而"地形"的因素则有可以改变的，也有无法改变的；至于"人事"的因素则是可以改变的。

心灵寄语

既要考虑到有利条件，也要估计到不利因素；既要想到胜利了如何乘胜前进，也要准备好失败后的逃跑之路；但愿能像曹孟德那样，华容道上也能遇着个关云长。

逆水行舟，不进则退

忆 莲

进与退完全是相反的两种状态，退的时候大都是被动的，因为人生处事如逆水行舟，不进则退。如果想要成功就需要不断进取，即使你拥有良好的天赋和条件，如果主观上不求进取，一样会落后于人。

在我们求学的时候，老师总是告诫我们：学如逆水行舟，即使你再聪明，如果不肯学习一样会落后于别人。最有名的应该就是神童方仲永。

宋朝时候，有个农家子弟名叫方仲永，5岁的时候就能写诗。于是他父亲非常得意，就把他的诗拿给读书人看，大家都很惊奇。仲永成了远近闻名的神童以后，不断有人请他去做客，以索取仲永的诗作。

他父亲贪图小利，每天领着仲永到处拜访，这样就耽误了继续学习。等到小仲永到十二三岁，所作的诗文已经无法和同龄人相比了。再长大之后，方仲永已经完全和普通人没有什么区别了。

任何天才都不能生而知之，不勤奋学习，不思进取，即使有良好的天资也枉然。与方仲永恰成鲜明对比的是左思。

左思是晋朝的一个文学家，少年时不很聪明，学过书法、音乐和兵法，都没有什么成就。他父亲曾对朋友说："一代不如一代，这孩子不如我年轻的时候有能耐。"左思听了很难过，下决心刻苦学习，不断练习写作。

当左思准备写《三都赋》的时候，著名的作家陆机就笑话他说："这个愚笨的人能写出什么《三都赋》来？等他写出来倒是可以给我盖盖酒坛。"但左思没有放弃自己的目标，他在室内、门前、墙壁和厕所等处都挂着纸和笔，想到一个好句子就随时记下来，这样花了漫长的十年，终于写出了让当时笑话他的陆机都赞叹不已的《三都赋》。洛阳的人都争着买纸抄读，使得当时的京城纸张供不应求，这就是"洛阳纸贵"的由来。

其实不仅学业上如此，健康、事业、人生都一样。如果不是拥有丰富的人生经验，不会明白"不进则退"的道理。不论是工作上还是生活上，如果没有压力，在不知不觉中我们就是在倒退，生活中的挑战和困难可以帮助我们不断超越自我。而过分安逸的环境势必会让我们在自我满足的状态中丧失动力。

逆水行舟，不进则退！生活应该处处有艰辛，太安逸的环境会让人不思进取，无形之中已经被生活抛在了角落。生活中处处有困难，不能等同儿戏，它们是学习和成长的机会。

那些能成功的人一定是懂得不断进取的人，对于他们来说，最大的痛苦不是来自失败和挫折，而是来自过分安逸的现状和毫无挑战的生活。不进则退，如果你以为自己可以得过且过，总有一天会追悔莫及，此时你已退无可退。

心灵寄语

"学如逆水行舟，不进则退。"这句名言给我们的启发很大，比如说，你在学习过程中，遇到一道难题，解又解不开，自然就会"知难而退"了。可是，当你想到"学如逆水行舟，不进则退"时，你就会"知难而进"了。

梅花香自苦寒来

也许你仍觉寒冬里那诱人的芬芳是那么高不可攀，通往前方的路上有太多的黑暗让你觉得孤单，你需要的只是一点坚持，用高尚的灵魂、崇高的理想与孤独无助的自己对话吧，这样就会带给你光明。

每天学习一点点

李光辉

费利斯的父亲出生于贫苦农家，只读到小学五年级，家里就要他退学到工厂做工去了。从此，社会便成了他的学校。他对什么都感兴趣，他阅读一切能够得到的书籍、杂志和报纸。他爱听镇上乡亲们的谈话，以了解人们世世代代居住的这个偏僻小山村以外的世界。父亲非常好学，他对外面的世界充满了向往，他的这种强烈好奇心，不但随同他远渡重洋来到美国，后来还传给了他的家人。他决心要让他的每一个孩子都受到良好的教育。

费利斯的父亲认为，最不能容忍的是我们每天晚上上床时还像早上醒来时一样无知。他常说："需要学习的东西太多了，虽然我们出生时愚昧无知，但只有蠢人才永远这样下去。"

为了避免孩子们堕入自满的陷阱，父亲要孩子们每天必须学一点新的东西，而晚餐时间似乎是他们交换新知识的最佳场合。

这时，父亲的目光会停在孩子们当中的一人身上。"费利斯，告诉我你今天学到了些什么？"

"我今天学到是尼泊尔的人口……"

餐桌上顿时鸦雀无声。

费利斯一向都觉得很奇怪，不论他所说的是什么东西，父亲都不会认为琐碎和乏味。

"尼泊尔的人口。嗯，好。"

接着，父亲看看坐在桌子另一端的母亲。

"孩子他妈，他今天所说的东西你知道吗？"

母亲的回答总是会使严肃的气氛变得轻松、愉快起来。"尼泊尔？"她说，"我不但不知道尼泊尔的人口有多少，我连它在世界上什么地方也不知道呢！"当然，这种回答正中父亲下怀。

"费利斯，"父亲又说，"把地图拿过来，让我们来告诉你妈妈尼泊尔在哪里。"于是，全家人开始在地图上找尼泊尔。

费利斯当时只是个孩子，一点也觉察不出这种教育有什么好处。他只是迫不及待地想跑出屋外，去跟小朋友们一起嬉戏。

如今回想起来，他才明白父亲给他的是一种多么生动有力的教育。在不知不觉之中，他们全家人共同学习，一同成长。

费利斯进大学后不久，便决定以教学为终身事业。在求学时期，他曾追随几位全国最著名的教育家学习。最后，他完成了大学教育，具备了丰富的理论与技能，但令他感到非常有趣的，是发现那些教授教他的，正是父亲早就知道的东西——不断学习的价值，每天学习，每天进步。

生命有限，而学海无涯。我们成为怎样的人，决定于我们所学到的东西，每天都努力学点新的东西，这一天才称得上是没有白费。

成功源于一点一滴的积累。

每一个人，要想获得成功，从平凡走向卓越，就必须拥有对目标坚持不懈的恒心和强大的意志力。那些伟人之所以能创造出伟大的事业，凭借的正是持之以恒的毅力。让

我们来看一看他们为成功所做出的巨大努力：

马克思整整花费了40年的心血，才完成了巨著《资本论》。

伟大的德国文学家歌德创作《浮士德》用了50年的时间。

中国古代医药学家李时珍为了写《本草纲目》，跋山涉水30年。

著名科学家、气象学家竺可桢坚持每天记录天气情况，记录了38年零37天，其间没有一天间断，直到他去世前的那一天。

然而，这种持之以恒的毅力不是天生得来的，它需要在日积月累的坚持中慢慢磨炼而成，尤其是对于还不成熟的孩子们，持之以恒更需要在日常生活的许多细节中慢慢培养。要知道，成功不是一朝一夕可以获得的，只有每天向前一步，每天学习一点点，才能逐渐靠近自己的目标。

心灵寄语

冰冻三尺，非一日之寒；水滴穿石，非一日之功。成功不是一朝一夕可以获取的，靠的是平时一点一滴的积累。只有每天都有所收获，有所进步，才能达到成功的顶峰。

靠自己才能成功

猛 醒

一个乞丐来到一处庭院，向女主人乞讨。这个乞丐很可怜，他的右手连同整条手臂都断掉了，空空的袖子晃荡着，让人看了很难过。可是女主人毫不客气地指着门前的一堆砖，对乞丐说："你帮我把这堆砖搬到屋后去吧。"

乞丐生气地说："我只有一只手，你还忍心叫我搬砖，这不是捉弄人吗？"女主人并不生气，俯身搬起砖来。她故意只用一只手搬了一趟砖，然后说："你看，并不是非要两只手才能干活儿。我能干，你为什么不能干呢？"

乞丐怔住了，用异样的目光看着妇人。终于，他俯下身子，用唯一的一只手搬起砖来。他一次只能搬两块，整整搬了两个小时，才把砖全部搬完。他累得气喘如牛，脸上落了很多灰尘。

妇人递给乞丐一条雪白的毛巾，乞丐用毛巾仔细地把脸和脖子擦过一遍，很快白毛巾变成了黑毛巾。

妇人又递给乞丐20元钱。乞丐接过钱，感激地说："谢谢你。"

妇人说："你不用谢我，这是你自己凭力气挣的工钱。"

乞丐说："我不会忘记你的，这条毛巾也留给我做纪念吧！"说完那人深深地鞠了一躬，就上路了。

过了很多天，又有一个乞丐来到这处庭院。那位妇人把乞丐引到屋后，指着砖堆对他说："你把这堆砖搬到屋前，我就给你20元钱。"这个双手健全的乞丐却鄙夷地走开了。

妇人的孩子不解地问母亲："上次你叫乞丐把砖从屋前搬到屋后，这次你又叫乞丐把砖从屋后搬到屋前。你到底想把砖放在屋后，还是放在屋前呢？"母亲对他说："砖放在屋前或者屋后都一样，可是搬不搬对乞丐来说就不一样了。"

此后又来过几个乞丐，那堆砖也就在屋前和屋后来回地转了几趟。

若干年后，一个衣着体面的人来到这处庭院。他西装革履，气度不凡，跟那些自信、自重的成功人士一模一样。美中不足的是，这个人只有一只左手，右边是一条空空的衣袖，一荡一荡的。

来人弯下身子，用仅有的那只手拉住已经有些老态的女主人，说："如果没有你，我还是个乞丐。可是现在，我是一家公司的董事长。"

妇女已经记不起来他是哪一位了，只是淡淡地说："这是你自己干出来的。"

独臂的董事长要把妇人和她的一家人都接到城里去住，过好日子。妇人却说："我们不能接受你的照顾。""为什么？""因为我们一家人个个都有两只手。"

董事长伤心地坚持着："你让我知道了什么叫人，什么是人格，那座房子是你教育我应得的工钱！"

妇人终于笑了："那你就把房子送给连一只手都没有的人吧！"

心灵 寄语

所有的哲学家对人格的认同都是一致的：第一是劳动，第二是思考。人活在世上，就要有自己的人格和尊严，那就是要靠自己的奋斗，成功事业。

在"愚"中等待时机

碧 巧

　　正像古人所说的那样，"大勇若怯，大智若愚"。本来胆大如斗的，却表现得胆小如鼠；本来足智多谋的，却表现得寡言讷语。智而示以愚，强而示以弱，能而示之不能，用而示之不用，其目的就是为了蒙蔽对手，争取主动。"大智若愚"具有后发制人、出其不意的效果，在外交、谈判、经济等领域中均被广泛应用。曾经有三位日本人代表日本航空公司与美国的一家飞机制造公司谈判，日方为买方。美国公司为了抓住这次商业机会，挑选了最精明干练的高级职员组成谈判小组。谈判开始时，双方并没有像常规谈判那样交涉问题，而是由美方展开了产品宣传攻势。他们在谈判室里挂满了许多产品图像，还印刷了许多宣传资料和图片。他们用了两个半小时，三台幻灯放映机，放映了好莱坞式的公司介绍。他们这样做，一是要加强自己的谈判实力，二是想向三位日本代表作一次精妙绝伦的产品简报介绍。在整个放映过程中，日方代表静静地坐在下面，全神贯注地观看。

　　放映结束后，美方高级主管不无得意地站起来，扭亮了电灯。此时，他们脸上挂满了情不自禁的得意笑容，笑容里充满了期望和必胜的信念。他转身向三位显得有些迟钝和麻木的日方代表，说："请问，你们的看法如何？"不料，一位日方代表说："我们还不懂。"这句话大大伤害了美方代表，他的笑容随即消失了，一股莫名之火似乎正往上顶。他又问："你们说不懂，这是什么意思？哪一点你们还不懂？"另一位日方代表彬彬有礼、微笑着回答："我们全部没弄懂。"美国的高级主管又压了压火气，再问对方："从什么时候开始你们不懂？"第三位代表严肃认真地回答："从关掉电灯，开始放幻灯简报的时候起，我们就不懂了。"这时，美国公司的主管感到严重的挫败感。但为了商业利益，他又重放了一次幻灯片，这次速度比前一次慢多了。之后，他强压怒气，问日方代表："怎么样？该看明白了吧？"然而，日方代表端坐在位子上，若无其事地摇摇头。美国的高级主管一下子泄气了，他灰心丧气地斜靠着墙边，松开他价格昂贵的领带，显得心灰意冷，无可奈何。他对日方代表说："那么，那么……那么你们希望我们做些什么呢？既然我们所做的一切你们都不懂。"这时，一位日方代表慢条斯理地将他们的条件说了出来，他说得如此慢，以至使美国高级主管像回答讯问似的，毫无斗志地斜坐在那里，稀里糊涂地应答着，他的思维已经紊乱了，信念被摧毁了，根本未作什么有效反应。结果，日本航空公司大获全胜，成果之大，连他们也感到意外。

大智若愚，不仅可以将有为示无为，聪明装糊涂，而且可以若无其事，装着不置可否的样子，不表明态度，然后静待时机，把自己的过人之处一下子说出来，打对方一个措手不及。但是，大智若愚，关键是心中要有对付对方的策略。常用"糊涂"来迷惑对方耳目，宁可有为而示无为，万不可无为示有为，本来糊涂，反装聪明，这样就会弄巧成拙。

心灵 寄语

在低调中修炼自己，谦卑处世人常在。大智若愚，实乃养晦之术。平和待人留余地。时机未成熟时，要挺住；毛羽不丰时，要懂得让步；高处不胜寒，要常反躬自省。"和"字值千金，狂傲丢性命，在"愚"中等待时机。

别等以后再做

王新龙

有一次，约翰·丹尼斯和他的一位副手到公司各部门巡视工作。到达休斯敦一个区加油站的时候，已经是下午3点了，约翰·丹尼斯却看见油价告示牌上公布的还是昨天的数字，并没有按照总部指令将油价每加仑下调5美分进行公布，他十分恼火。

约翰·丹尼斯立即让助手找来了加油站的主管弗里奇。

远远地望见这位主管，他就指着报价牌大声说道："弗里奇先生，你大概还熟睡在昨天的梦里吧！要知道，你的拖延已经给我们公司的荣誉造成了很大损失，因为我们收取的单价比我们公布的单价高出了5美分，我们的客户完全可以在休斯敦的很多场合，贬损我们的管理水平，并使我们的公司被传为笑柄。"

意识到问题的严重性，弗里奇先生连忙说道："是的，我立刻去办。"

看见告示牌上的油价得到更正以后，约翰·丹尼斯面带微笑说："如果我告诉你，你腰间的皮带断了，而你却不立刻去更换它或者修理它，那么，当众出丑的只有你自己。这是与我们竞争财富排行榜第一把交椅的沃尔玛商店的信条，你应该记住。"

然后，约翰·丹尼斯和助手一起离开了加油站。从此之后，那位主管弗里奇先生做事再也不拖拖拉拉了。

在我们的一些孩子中由于天生的惰性，因而容易养成办事拖拉的坏习惯。而办事拖拉，实质上就是浪费时间，妨碍自己既定目标的实现。有位哲人说过，"浪费时间等于自杀"。一个人从呱呱坠地来到世上，也同其他物质形态一样受到自身存在方式的制约，也就是具有一定的时间限制。古往今来，大凡成功人士，无不十分珍惜时间。

其实，绝不拖拉的好处，就在于抓住今天。抓住了今天，就抓住了希望，也抓住了自己为之努力奋斗的切切实实的目标。无论你想干什么，都不要拖拉。因为自己的文章要靠自己写，自己的任务要靠自己完成，自己人生旅途上的任何目标也要由自己来实现。

俗话说："今日事，今日毕。"说的其实就是绝不拖延的道理，绝对不把当天该完成的事拖到第二天。等待与拖延是成功的死敌。绝不拖延是一种好习惯，有了这样的习惯，无论做任何事都会变得更易成功。因为你不再会因为各种原因偷懒，也不会因为拖延而错失良机。难怪，哈佛大学的教授们也这样要求哈佛学子们，一旦决定下来的事，就要立刻着手进行，不要拖延，不要等以后再做。

心灵 寄语

"决不拖延"就意味着高效率的工作，是在相应的时间处理相应的事。拖延是一种顽固的恶习，但绝不是不可改变的天性。一旦你摒弃了拖延的坏毛病，那你就等于成功了一半。

爱心，一生的美丽

语 梅

乔治是华盛顿一家保险公司的营销员。

有一次他为女友买花，认识了一家花店的老板本。其实也只是认识而已，他总共只在本的花店里买过两次花。

后来，乔治因为为客户理赔一笔保险费，被莫名其妙地控以诈骗罪投入监狱，他要坐10年的牢。听到这个消息后，他的女友离开了他。他更是心灰意冷了，因为10年的时间太长了，他过惯了热烈、激情的生活，不知自己该如何打发漫长的没有爱，也看不到光明的日子，他对自己一点儿信心也没有。

乔治在监狱里过了郁闷的第一个月，他几乎要疯了。这时，有人来看他。他有些纳闷儿，在华盛顿他没有一个亲人，他想不出有谁还记着他。

在会见室里，他不由得怔住了，原来是花店的老板本，本给他带来了一束花。

虽然只是一束花，却给乔治的牢狱生活带来了生机，也使他看到了人生的希望。他在监狱里开始大量读书，钻研电子科学。

6年后，他获释了。他先在一家电脑公司做雇员，不久自己开了一家软件公司，两年后，他身价过亿。

成为富豪的乔治，去看望本，却得知本已于两年前破产了，一家人贫困潦倒，举家迁到了乡下。

乔治把本一家接回来，给本一家买了一套楼房，又在公司里为本留了一个位置。乔治说，是你那年的一束花，使我留恋人世的爱和温暖，给予我战胜厄运的勇气，无论我为你做什么，都不能回报当年你对我的帮助，我想以你的名义，捐一笔钱给北美机构，让天下所有不幸的人都感受到你博大的爱心。

后来，乔治果然捐了一大笔钱出来，成立了"华盛顿·本陌生人爱心基金会"。

心灵 寄语

多为别人想想，不要只是一味自私自利，尽一己之力又何妨呢！多做点善事也很好，这个世界上就是需要像这样多一点温暖，多一点体谅，世间才会有许多美好的事物。

给自己一个机会

雁 丹

　　成功的奥秘其实并不深奥，就是在适当的时候，亮出你自己。

　　许多年前的一天，伦敦的一个游戏场内正在进行着一场演出。突然，台上的演员刚唱两句就唱不出来了。台下乱成了一锅粥，许多观众一哄而起，吵着要退票。剧场老板一看势头不好，只好找人救场。谁知找了一圈，也找不到合适的人。这时，一个5岁的小男孩儿站了出来："老板，让我试试，行吗？"结果，他在台上又唱又跳，把观众逗得特别高兴；歌唱了一半，好多观众便向台上扔硬币，小家伙一边滑稽地捡钱，一边唱得更起劲了，一连唱了好几首歌。

　　又过了好几年，德国著名的丑角明星马塞林来到一个儿童剧团和大家同台演出。当时马塞林的节目中需要一个演员演一只猫。由于马塞林名气太大，许多优秀演员都不敢接受这个角色，还是那个小男孩儿又自告奋勇地站了出来，大家都为他捏了一把汗，谁知他和马塞林配合得非常默契。

　　这个小男孩儿，就是后来名扬世界的幽默大师卓别林！

　　其实，人生就是一个舞台。我们总是渴望有一个展示才华的机会，早日实现自己的梦想。然而，当机会来临时，我们常常会瞻前顾后，犹豫不决，踌躇不前，以至于错过了一个又一个实现梦想的机会。有时，可能我们什么都不缺，唯独缺少的是在机会面前大胆地喊一声"让我试试"的勇气。面对机会，勇于尝试；抓住机会，要靠勇气。只有这样，才能攀上成功的天堂。否则，只能匍匐在失败的地狱。

心灵 寄语

如果你不敢去跑，就不可能赢得竞赛；如果你不敢去战斗，就不可能赢得胜利。成功的两条秘诀：让我试试和再来一次。树立自信心，鼓起尝试的勇气；给自己一个机会，向成功的方向前进。

木秀于林，风必摧之

雨　蝶

　　或许人们都有这样一个常识：对于牛羊来说，最先吸引它们的肯定是长势好一点的草，而不是长势弱的草，所以好草总是先遭到牛羊的啃食；其实人也是一样，最先受到别人打击、嫉妒的肯定是那些优秀的人，而不是那些不优秀的。正所谓"木秀于林，风必摧之"，一个人要是不想遭到别人的打击，那么不妨将你是"好草"的表象隐藏起来，做一个不受别人关注的人。特别是在干一件事情，在实力和规模还不足以搏击长空的时候，就不能与人家硬拼，而应该在不显山不露水中悄然发展。

　　对于一个想做大事的人来说，虚名一点都不重要，聪明人都知道，名声其实没有实体，仅仅是人们茶余饭后的话柄而已。唯有淡泊名利的人才不会为这些所谓的虚名而耽误。所以，当不幸处在这种既被猜疑而又遭嫉恨的恶劣环境中时，最好不要哗众取宠，而应凭借自己的才华和节操保全自己。

　　战国时期，魏国国王曾经向楚怀王赠送了一名美女。这名美女长得眉清目秀，简直可以和春秋时的西施相媲美。有这样的美女相伴，楚怀王自然对她非常倾心，并给她取名叫珍珠，两人整天形影不离。而楚怀王原本就有一名爱妾叫郑袖。珍珠没有被送来之前，楚怀王整天与她在一起，而如今来了一个珍珠，楚怀王对郑袖渐渐疏远了。郑袖对怀王的移情别恋十分恼火，同时对珍珠嫉妒得几乎发狂。但是，郑袖没有大吵大闹，因为她知道那样做对自己非常不利，所以表面上对珍珠还是百般疼爱，视她为自己的亲妹妹，稍微有空就跟她聊天，以此向楚怀王表示她对珍珠也十分爱惜。

有一天，郑袖偷偷地对珍珠说："大王对你很满意，也非常宠爱你，不过，对你的鼻子他好像有点儿看不惯，大王曾在我面前说了几次，因此以后你在大王面前，一定要将自己的鼻子捂住。"珍珠压根儿不知道，这竟是郑袖设的圈套。从此她在楚怀王面前总是一只手捂住鼻子，并做出不情愿的样子。楚怀王莫名其妙，便来询问郑袖。开始郑袖故意装出一副迟疑的样子，欲言又止。"别害怕，有什么就说出来嘛！"楚怀王说道。"她在我面前说大王有体臭，并说特难闻。因此她就捂住自己的鼻子了。"

楚怀王脾气十分暴躁，他听完郑袖的话，盛怒之下将珍珠处以割鼻子的劓刑。郑袖又回到了怀王的怀抱。珍珠空负美女之名，不知道保护自己，最后的下场实在可悲。

因此，无论我们身在职场还是在日常生活中，都要注意一点：出风头、争名誉、争地位有时是很危险的；相反，当我们身处一种无名之地的时候，也不要觉得这是一种贬低、一种惩罚，这其实恰好为我们提供了一个磨炼意志、养精蓄锐的契机，谁说这不是一件好事呢？因为最先遭啃食的就是那些有名有利的"好草"。

心灵 寄语

　　"木秀于林，风必摧之；堆出于岸；流必湍之，行高于人，众必非之"这句话，原出自三国魏人李康的《运命论》。李康所作的《运命论》旨在探讨国家治乱与士人出仕之间的关系问题。

现在就付诸行动

慕 菡

　　不把今天的事情留到明天，因为明天还有明天的事情。现在就去行动吧！即使你的行动不会带来快乐与成功，但是行而失败总比坐以待毙好。行动也许不会收获快乐的果实，但是没有行动，所有的果实都无法收获。

　　有一个野心勃勃却没有作品的作家说："我的烦恼是日子过得很快，一直写不出像样的东西。"

　　"你看，"他说，"写作是一项很有创造性的工作，要有灵感才行，这样才会提起精神去写，才会有写作的兴趣和热忱。"

　　说实在的，写作的确需要创造力，但是另一个写出畅销书的作家，他的秘诀是什么呢？

　　"我用'精神力量'。"他说，"我有许多东西必须按时交稿，因此无论如何不能等到有了灵感才去写，那样根本不行。一定要想办法推动自己的精神力量。方法如下：我定下心来坐好，拿一支铅笔乱画，想到什么就写什么，尽量放松；我的手先开始活动，用不了多久，当我还没注意到时，便已经文思泉涌了。"

　　"当然，有时候不用乱画也会突然心血来潮。"他继续说，"但这些只能算是特殊情况而已，因为大部分的好构想都是在进入正规工作情况以后得来的。"

"明天""下个星期""以后""将来某个时候"或"有一天"，往往就是"永远做不到"的同义词。有很多好计划没有实现，只是因为应该说"我现在就去做，马上开始"的时候，却说"我将来有一天会开始去做"。

我们用储蓄的例子来说明，人人都认为储蓄是件好事。虽然它很好，却不表示人人都会依据有系统的储蓄计划去做。许多人都想要储蓄，只有少数人才能真正做到。

这里是一对年轻夫妇的储蓄经过。

毕尔先生每个月的收入是1000美元，但是每个月的开销也要1000美元，收支刚好相抵。夫妇俩都很想储蓄，但是往往会找些理由使他们无法开始。他们说了好几年"加薪以后马上开始存钱""分期付款还清以后就要……""渡过这次难关以后就要……""下个月就要……""明年就要开始存钱"。

最后还是他太太珍妮不想再拖。她对毕尔说："你好好想想看，到底要不要存钱？"他说："当然要啊！但是现在省不下来呀！"

珍妮这一次下定决心了。她接着说："我们想要存钱已经想了好几年，由于一直认为省不下来，才一直没有储蓄，从现在开始要认为我们可以储蓄。我今天看了一个广告，如果每个月存100元，15年以后就有1.8万元，外加6600元的利息。广告又说：'先存钱，再花钱'比'先花钱，再存钱'容易得多。如果你想储蓄，就把薪水的10％存起来，不可移作他用，我们说不定要靠饼干和牛奶过到月底，只要我们真的那么做，一定可以办到。"

他们为了存钱，起先几个月当然吃尽了苦头，尽量节省，才留出这笔预算。现在他们却觉得"存钱跟花钱一样好玩儿"。

让我们时时刻刻记着本杰明·富兰克林的话："今天可

以做完的事不要拖到明天。"这也就是我们中国的俗话所说："今日事，今日毕。"只需永远记住：激励前行远胜坐以待毙！

心灵 寄语

　　此刻，我想到一句话："成功不是等待，如果我迟疑，他会投入别人的怀抱，永远弃我们而去。我们现在就付诸行动。"是啊！要想成功，我们必须现在就付诸行动。

坚持做完自己的事

雨 蝶

商场如战场，不仅是因为竞争的激烈，更是因为商场上的竞争需要的是勇气。不过商场需要的不是拼杀的勇气，而是坚持做自己的事、不畏艰难的勇气。

在商场上打拼、游刃有余的业务员黄美荣，可谓在职场上春风得意。很多初入职场的人都请教她如何在职场稳健发展、做得出色的方法。而这位业务员只给他们讲了一次她初入职场时的经历。

当时公司里年轻人多，一帮男同事总是有事没事地哼上几句流行歌曲。她也是一个追星族，对各种流行歌曲也爱得欲罢不能。不过，她是属于那种五音不全的女孩子，只能在独处时将变调的歌儿唱给自己听。

有一次，公司接待一位大客户，老总决定让所有人员倾巢而出，在市内最高级的歌厅给客户接风。出发前，公司的男同事纷纷选取当晚的演唱曲目，大有"歌不惊人誓不休"的架势。

当他们问她准备了什么时，她脑子里一片茫然，不曾想自己也要"献丑"。大客户是一位年轻有为的男士，对公司请他去唱卡拉OK的安排比较满意。客户的嗓音非常棒，她说他的歌声简直可以赛过巨星。在听到她的夸奖后，客户顺水推舟地说："那黄小姐的歌喉一定也很出色喽！"此时她只是礼貌地说自己不善唱歌，让他听她的同事唱。

一帮男同事开心地放声歌唱后，她的老总也上去试了一把。最后，所有的人都把期待的目光转到全场唯一的女孩子身上。她知道，再继续拒绝显然是不合适的。于是，在申明自己五音不全会制造噪音后，她选了一首情歌。

当她放开嗓子去唱的时候，偷偷环顾了一下四周，发现老总和大客户的眉头不经意地皱了一下。由于过度紧张，她这次的发挥比以前任何一次都差劲。刚才还陶醉在曼妙音乐中的男同事闹开了锅，有个同事甚至口无遮拦地说："求求你别唱了，不知情的人弄不好还以为我们虐待你呢！"说完，其他男同事一起哄笑开了，老总也做了个停止的手势。

伴奏还在继续，但她不准备就此停下她的歌声。"请听我唱完这首歌！"在被奚落后，她变得反倒坚定了。她知道这首歌也许是当晚唱得最差的一首，但是她还是坚持唱到结束。最后，大客户给了她掌声……

大客户离开的时候，留给老总一句话："贵公司的黄小姐不卑不亢，能够坚持自己所追求的东西，我希望她能作为我们合作项目的负责人，希望老总成

全。"她出乎意料地得到了重用，而这一切只因为不会唱歌的她在嘘声中坚持唱完一首歌。

就这样，她不仅得到了一个升职的机会，更明白了一个做事情的真谛：不要畏惧别人的批评，坚持做自己认为重要的事情，以足够的毅力投入到工作中才能获得成功。

初入职场的时候，人们总是会遇到各种各样的困难，甚至是别人的奚落。但这并不足惧，工作中最需要的就是面对困难的勇气，做任何事情都是一样。

心灵 寄语

在学校里，自己的成绩好也只是与同班同学相比。进入了社会，自己的工作成绩是与不同年纪、不同背景的人相比，一下子会有很多的落差。你可能说，人生不是比来比去的，但是我要跟你说，如果能在比较中找到可以助你成长的聪明的竞争者，你就赢了别人好几步。

梅花香自苦寒来

诗 槐

安逸的生活能在不经意间消磨掉我们的意志，而我们还没有发现。"宝剑锋从磨砺出，梅花香自苦寒来。"不经历生活的磨砺就难迸发出人性中最坚强的火花，即使有能力也会被埋没。

有这样一则寓言：

龙虾和寄居蟹都生活在海里，但是它们却选择了不同的生活方式：一个具有坚硬的外壳，一个只能靠着别人的外壳"保护"。一天，它们在深海中相遇，寄居蟹看见龙虾正把自己的硬壳脱掉，露出鲜嫩的身躯。寄居蟹非常紧张地说："龙虾，你怎么可以把唯一保护自己身躯的硬壳脱掉呢？难道你不怕有大鱼一口把你吃掉吗？以你现在的情况来看，连急流也会把你冲到岩石上去，到时你不死才怪呢！"

龙虾气定神闲地回答："谢谢你的关心，但是你不了解，我们龙虾每次成长，都必须先脱掉旧壳，只有这样，才能生长出更坚固的外壳。现在面对的危险，只是为将来发展得更好而做准备。"寄居蟹细心思量一下，自己整天只找可以避居的地方，活在别人的荫庇之下，而没有想过如何令自己成长得更强壮，难怪永远都没有属于自己的坚硬外壳。

生活中很多事情就是这样，有安逸的环境并不一定就是一件好事情。很多成大事的人，往往喜欢"自找苦吃"，给自己制造逆境，让自己在磨炼中成长。不舍弃安逸的环境，虽然可以过得很安逸，但是你会在安逸的环境中磨灭自己的意志，失去原本的能力。

一个刚毕业的大学生进入了政府部门，获得一份稳定的工作，大家都认为这是一件很不错的事情，别人都羡慕他有好运气。工作了一段时间后，他却毅然离开了政府部门，投身商海。很多人不解他为什么要做这样的决定。面对别人的不解，他只是说："我不想做一个失去野性的'狼'。"原来，22岁时他大学毕业，按照原先的计划顺利地进了政府部门，每天过得很安逸，他觉得这样还不错。有一回，他到乡下去探亲，看到亲友竟然把一头狼像狗一样养在家里看家护院。他惊问其故。亲友告诉他，这狼自幼就与狗一同驯养，久而久之，这狼连长相都有些像狗，更别提狼性了。

他当时看着那狼，想想自己，顿时有些心惊。没多久，他就在别人一片惋惜声中毅然辞职去了深圳。虽然在商场的打拼中，他吃了不少苦头，摔了不少跟头，但是他一直坚信，是狼就应该在野外的环境中磨砺自己，不能让自己的狼性被磨灭。经过一番艰难的打拼，现在他已经有了一家注册资产过亿的公司，终于成为一只在商场威风凛凛的"狼"，尽显其风采。

现在，很多大学毕业生都希望像这个人一样，一开始就能够得到一份安逸的工作，不想去接受挑战，可这样的职业又有多少，每年成千上万的人挤破头去考一个千里挑一的公务员，到头来却发现与自己的理想不符。真正的狼是在野外的风雨中成长起来的，如果坚信自己是"狼"，那就必须得面对职场上的风风雨雨，勇敢地闯荡出属于自己的事业。

心灵 寄语

　　也许你仍觉寒冬里那诱人的芬芳是那么高不可攀，通往前方的路上有太多的黑暗让你觉得孤单，你需要的只是一点坚持，用高尚的灵魂、崇高的理想与孤独无助的自己对话吧，这样就会带给你光明。

人生需要发展目标

赵德斌

顺境就是良好的境遇，逆境则相反，都是人成长过程中必然面对的人生境遇。我们都看过《西游记》，西天取经其实最重要的不是取经的结果，而是这一路上克服了困难的这种过程。而在这个过程中，我们看到的不只是遇到困难时的痛苦，还有克服困难时的勇气和信心，以及快乐时的兴奋。

人生不如意事十之八九。因此，大家在身处顺境的时候，也应当做好迎接逆境的准备。只有既能够在顺境中不骄不矜，又能够在逆境中不屈不挠的人才能享受到人生的美丽。顺境，人之所求，却无法有求必应；逆境，人之所畏，却往往不期而遇。注定我们要用良好的心态去面对这些不测。

在近两千年漂泊流离的生活中，犹太人一直处在逆境之中。在这漫长的日子里，一方面，他们把逆境视若寻常事，在此过程中学会了忍耐和等待，坚信一切很快就会过去的，学会了如何在逆境中生存发展的智慧。另一方面，把逆境看做是一种人生挑战，发挥自身潜在的能力，精神抖擞地在逆境中崛起。犹太人把这种智慧运用到商业操作中，就形成了在逆境中发财的生意经。

犹太实业家路德维希·蒙德学生时代曾在海德堡大学与著名的化学家布恩森

一起工作，发现了一种从废碱中提炼硫磺的方法。后来他移居到英国，在那里几经周折才找到一家愿意同他合作开发此技术的公司，结果证明这项技术的经济价值非常高。于是蒙德萌发了开办化工企业的念头。

蒙德买下了一种利用氨水的作用使盐转化为碳酸氢钠的方法，这种方法是他参与发明的，但当时还不是很成功。蒙德于是一边买下一块地建造厂房，一边继续实验，以完善这种方法。尽管实验屡屡失败，但蒙德从未放弃，他仍然夜以继日地研究开发。经过反复的实验，他终于解决了技术上的难题。

1874年厂房建成，刚开始生产状况并不理想，成本居高不下。连续几年，企业都处于亏损状态。同时，当地居民担心大型化工企业会破坏生态平衡，也都拒绝与他合作。

犹太人在逆境中坚忍的性格帮助了蒙德，他没有气馁，终于在建厂6年后取得了重大突破，产量增加了3倍，成本也降了下来，产品由每吨亏损5英镑，后变为获利1英镑。当时的英国，工厂普遍实行12小时工作制。蒙德做出了一项重大决定，将工作时间改变为每天8小时。通过这项决定，工人的积极性极度高涨，每天完成的工作量和原来的12小时一样多。

周围居民的态度也发生了转变，争着进他的工厂工作，因为蒙德的企业规定，在这里做工，生活可获得终身保障，并且当父亲退休时，还可以把这份工作传给儿子。

后来，蒙德建立的这家企业成了全世界最大的生产碱的化工企业。

无论是从顺境还是逆境中走过来，心灵始终宽容豁达，不再有顺境逆境之分；心情平和淡然，懂得享受生命的过程，理解得失是生命中必然发生的事，不会因为结果的成败而耿耿于怀。

贝弗里奇说："人们最好的工作往往是在处于逆境情况下做出的。思想上的压力，甚至肉体上的痛苦都可能成为精神上的兴奋剂。"逆境是

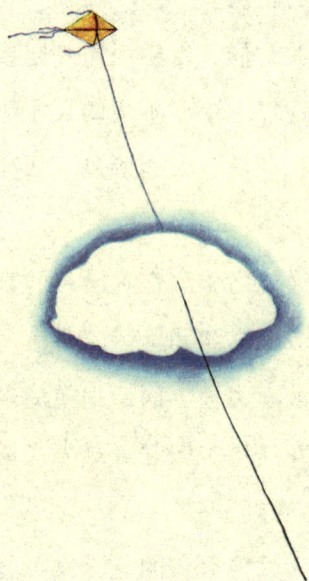

人生的十字路口，也是人生的试金石。逆境有时候就像人生的分水岭，跨过它，你就会成功，否则，你还是在逆境的深渊里继续挣扎。

心灵寄语

人生中有起有落，逆境中的我们除了悲伤和绝望，还可以享受人生的过程，逆境会让我们痛苦，但这痛苦在坚定的信念和乐观的态度下就会化为推动我们离开逆境的力量。

把目标定得高一点儿

雨 蝶

有三只小鸟，它们一起出生，又一起从巢里飞出去，寻找成家立业的位置。

它们很快飞到一座小山上。一只小鸟落到一棵树上，说："哎呀，这里真好，真高。你们看，那成群的鸡鸭、牛羊，甚至大名鼎鼎的千里马都在羡慕地向我仰望呢。能够生活在这里，我们应该满足了。"

另两只小鸟失望地摇了摇头说："好吧，你既然满足，就留在这里吧，我们还想再到高处看看。"

两只小鸟飞呀飞呀，终于飞到了五彩斑斓的云彩里。其中一只陶醉了，情不自禁地引吭高歌起来，它沾沾自喜地说："我不想再飞了，这辈子能飞上云端，你不觉得已经十分了不起了吗？"

另一只很难过地说："不，我坚信一定还有更高的境界。遗憾的是，现在我只能独自去追求了。"

说完，它振翅翱翔，向着九霄，向着太阳，执著地飞去……

最后，落在树上的成了麻雀，留在云端的成了大雁，飞向太阳的成了雄鹰。

有一种说法是：把目标设定得高一点儿，努努力、跳跳脚也许就达到了；如果把目标设定得低了，有可能连低的也达不到。可见，文中三只鸟的结局并不偶然，在它们当初选择时就决定了。

心灵寄语

满足于安逸的现状，只会让自己停滞不前；至高的理想才会为你插上成功的翅膀。

行动成就梦想

李华伟

深秋不知不觉来临了，树叶片片落下，有一种凄凉的味道，年轻的乞丐乔伊斯在外面跑了一整天都没有讨到一口饭吃，很是郁闷。他漫无目的地走到一条街道的拐角处，靠着石梯迷迷糊糊地睡着了。

睡梦中，乔伊斯得到了一大笔金钱，他用这笔钱开办了几家大公司，购置了一所带花园的别墅，娶了一位身材修长、美丽善良的姑娘。这姑娘为他生了三个健壮而可爱的儿子。三个儿子长大之后，一个成了杰出的科学家，一个当上了国会议员，最小的儿子则成了一位将军。不久，儿子们各自娶妻，又给乔伊斯添了几个活泼可爱的孙子。

乔伊斯后来成为世界级富豪，日子过得舒坦极了。他常常带着妻子和孙子们登上市内最高的观光塔，幸福地观赏城市的美景。一天，当他抱着最小的孙子正在塔顶观看晚霞的时候，不知怎么，一下子从塔顶上掉了下来……

他一下子惊醒了，睁开眼睛一看，自己仍然躺在冰冷的石板上，刚刚发生的一切都只是在梦中。只有怀中抱着的一件破棉袄仿佛在提醒他，现在最需要的是找点儿填肚子的东西。

这是一个关于梦想的故事。故事中的乞丐做了一场几乎不可能实现的、虚幻的、甜蜜的美梦，他梦里的东西太美妙，可惜梦想不能当饭吃，他仍然面临着生存的危机。

我们应该从故事中吸取它的真谛，一旦有了梦想，就必须拥有实现梦想的坚强意志和决心。如果像那位乞丐一样有梦想而没有努力，也没有行动，有愿望而不能拿出力量来实现愿望，这是不足以成事的。只有下定决心，历经学习、奋斗、成长这些过程，才有资格摘下成功的甜美果实。

而大多数的人，在开始时都拥有很远大的梦想，只是他们从未采取行动去实现这些梦想，缺乏决心与实际行动的梦想于是开始萎缩，种种消极与不可能的思想衍生，甚至于就此不敢再心存任何梦想，过着随遇而安、乐天知命的平庸生活。

青少年朋友们，我们要为自己的梦想，认真地下定追求到底的决心，并且马上行动，当你养成"想好了就去做"的生活习惯时，你就掌握了向成功迈进的秘诀。

心灵寄语

做梦是每一个人天赋的权利。但是如果只有梦想而不愿为梦想付出努力、付出行动，那么，梦想也只能停留在原处，终究没有实现的一天。

敬　启

　　本书的编选参阅了一些期刊报纸和著作的文字以及图片，由于多种原因我们未能与部分入选文章和图片的作者（或译者）联系。敬请原作者（或译者）见到本书后，及时与我们联系，我们将按国家有关规定支付稿酬并赠送样书。

编委会

邮箱：chengchengtushu@sina.com